Le déni

Gérard Bourguignat

Le déni

Roman

© 2020 Gérard Bourguignat

Éditeur : BoD-Books on Demand
12-14 rond-point des Champs-Élysées, 75008 Paris
Impression : Books on Demand, Norderstedt, Allemagne

Illustration couverture : France TV info.fr

ISBN : 978-2322 189427
Dépôt légal : Janvier 2020

*Je n'ai jamais menti à personne
d'autre qu'à moi-même.*
GB.

La place de Morny grouille de monde en cette fin de matinée. J'arrive à pied par la rue Gambetta. J'ai décidé de la traverser de façon à avoir une vue panoramique sur l'extérieur du *Morny's Café*. La terrasse de la brasserie, qui s'étale de part et d'autre de sa porte d'entrée, semble complète. Normal, à onze heures trente du matin en août, à Deauville. J'ai le cœur qui bat à cent à l'heure, peut-être même un peu plus. Les jambes qui menacent de flancher. L'idée folle de faire demi-tour me traverse un instant l'esprit. Je me ressaisis. Si près du but, ce serait stupide. Je risquerais de le regretter toute ma vie.

Au téléphone, il m'a dit : « — Je serai à l'extérieur, assis en terrasse. J'aurai un livre ouvert posé à l'envers sur la table, à côté de ma consommation. Nous devrions nous reconnaître. Il a dit ça d'une voix calme, posée, grave, plutôt mélodieuse. De loin, je ne vois pas grand-chose. Il y a trop de monde. Si je m'approche, c'est lui qui va me voir le premier. Je suis sûr qu'il scrute la rue. Un ado de dix-sept ans, ça se remarque. Est-il aussi nerveux que moi ?

J'arrive devant la partie gauche des tables en plein air. J'ai les tempes qui bourdonnent. Je respire profondément et balaye rapidement des yeux l'assistance. Je souhaite qu'une main se lève. J'attends un signe. Cette fois-ci, c'est trop tard pour reculer. Il doit m'observer. Je me sens mal. J'espère ne pas m'évanouir, ce serait tellement ridicule.

Pour commencer, je ne distingue qu'une silhouette. Il est à contre-jour. Par contre, j'ai parfaitement repéré le livre ouvert, posé à côté d'un demi de bière. Je pense que mon cœur va exploser. Je m'approche de sa table, m'arrête à un mètre, l'interroge des yeux. L'homme se penche légèrement en avant. Il sourit, montre ses dents. Ses yeux se plissent. À présent, je peux détailler son visage. Plutôt rondouillard, genre bon vivant. Le cheveu est rare. Le teint légèrement basané.

— Olivier ? Je vois que tu m'as trouvé facilement.

Il referme le livre, le range dans une sacoche accrochée au dossier de sa chaise et m'indique le siège en face de lui.

— Assieds-toi. Veux-tu boire quelque chose ?

Ainsi, ce serait lui mon père ? Cet individu que j'ai en face de moi et que je regarde comme s'il était un extraterrestre, serait mon géniteur ? Physiquement, il n'a rien à voir avec celui que j'avais virtuellement fabriqué au cours de mes rêves d'adolescent. Le mien était du style Georges Clooney. Lui, ce serait plutôt un sosie de Gérard Jugnot jeune, avec encore quelques cheveux. Bonne bouille, sympa, le gars que t'as envie d'avoir comme pote.

Ceci n'explique en rien le fait qu'il ait disparu un mois après ma naissance. Pourquoi n'a-t-il jamais cherché à me revoir ? Et pourquoi aujourd'hui ? Que signifie cette omerta familiale concernant son existence et ma naissance ? Il devra me répondre.

Je suis là, devant lui, tétanisé. Je m'assieds.

— Je... je sais pas. Comme toi... euh, vous. Une bière.

Il passe la commande au serveur qui m'a vu arriver et, apparemment me suit à la trace.

— Je te mets tout de suite à l'aise, Olivier, dit mon vis-à-vis, je suis aussi stressé que toi, sinon plus. Je suis arrivé avec une demi-heure d'avance sur l'horaire dont nous étions convenus, de peur de te rater.

Cette phrase me détend.

Désormais, il nous reste à faire connaissance...

1

Ma tante est certainement le membre de ma famille que j'aime le plus. C'est celle à qui j'ai confié tous mes secrets d'enfant et, plus tard, mes premiers émois d'ado. C'est elle qui a été mon initiatrice en conseils de toutes sortes. Avec elle on peut parler de sexe, d'alcool, de fumée. Avec maman, pas question.

Tata Gabrielle, c'est aussi celle auprès de qui je m'épanche de mes tourments, de mes questionnements. Elle n'aime pas que je l'appelle Tata. Elle préfère Gab. Ça me va bien aussi. J'ai évoqué à plusieurs reprises le sujet concernant mon géniteur auprès de ma mère. Soit je n'obtiens pas de réponse, soit *fiche-moi la paix avec ça*. Dans les deux cas, je reste le bec dans l'eau. Un jour, j'en ai parlé à Gab. Elle m'a dit :

— Écoute, leur relation a été plus que brève. Un mois après ta naissance, il est parti. À l'époque, j'étais en école de compta à Lyon et je ne venais à Paris que le week-end. Je ne connais que son prénom, Philippe. Pas son nom de famille. J'ai cru comprendre qu'il vivait en Normandie depuis quelques années. J'ignore où. Pour quelle raison ta mère ne veut-elle pas t'en dire plus, te donner son nom, au moins ?

— Je ne sais pas. En tout cas, elle est ferme sur le sujet. Je devrais même dire fermée, ce serait plus juste. Qu'a-t-il pu se passer de si grave entre eux ? Ou bien, est-ce un repris de justice, un voyou, un assassin, est-il en prison, que sais-je ?

— Il me semble qu'un jour elle a parlé de Deauville. Mais, tu sais, Olivier, je n'en suis pas certaine,.

— Je me demande combien de Philippe sont résidents à l'année à Deauville…

— Oui, je me le demande aussi, dit Gabrielle en riant. Ne t'inquiète pas mon grand, si ton papa a envie de te connaître il fera ce qu'il faut pour.

— Je pense qu'il n'en a pas trop envie, j'ai quand même seize ans. Ils se sont séparés, j'avais un mois. Si t'as envie de voir ton enfant, t'attends pas seize ans, non ?

Gab ne répond pas. Que pourrait-elle répondre en l'occurrence ? Elle sait que j'ai raison. Puis, elle reprend :

— Je voulais dire, ne te mets pas martel en tête. Et puis, tu t'entends bien avec Martin ?

Martin Delmas, c'est mon beau-père. Il a épousé ma mère il y a deux ans, ils sont ensemble depuis dix ans. Pas pressé non plus, celui-là.

— La question n'est pas là. Martin n'est pas mon père et si je n'ai rien à lui reprocher, ce n'est pas ça qui m'avancera. De toute façon, je ne lâcherai rien. J'attendrai d'avoir mes dix-huit ans s'il le faut, mais je le retrouverai. En attendant, je peux toujours mener l'enquête.

Gabrielle grille une nouvelle cigarette, me tend l'étui et se ressert un fond de whisky. Elle penche la bouteille en direction de mon verre. Je fais non de la tête, tout en allumant ma clope. Elle repose le flacon sur la table basse et savoure son alcool avec délectation. Elle se tourne vers moi.

— Je te comprends, Oli. Si je peux t'aider, je le ferai. Personne, même pas ta mère, ne peut t'interdire de voir ton père, dix-huit ans ou pas. Insiste encore auprès d'elle, elle doit te dire ce qu'elle sait, il n'y a pas de raison. Et puis, si tu veux, j'irai lui parler et...

— Non ! Je t'en prie, Gab, ne fais pas ça. Elle va m'en vouloir d'avoir évoqué le sujet avec toi et je ne suis pas sorti de l'auberge, tu la connais. Mieux que moi, en plus.

Maman n'aime pas que je parle de mon père avec qui que ce soit. Et spécialement avec sa propre sœur. Là encore, j'ignore pourquoi. Le mystère des histoires de famille, je suppose. En tout cas, c'est gonflant de n'obtenir aucune réponse auprès de gens qui n'aiment pas qu'on les questionne. Il y a bien Mamie Simone. Elle, c'est pareil, elle ne veut pas d'embrouille avec ses filles et en particulier avec celle qui se trouve être ma mère. Je ne lui en veux pas. Je comprends. Il y a des jours où j'en ai marre de comprendre tout le monde.

***

Un après-midi que maman était de shopping, Martin est venu dans ma chambre me parler. Il m'a dit qu'il concevait mon tourment et ma quête. Et que s'il pouvait faire quelque chose pour moi, il le ferait. Je l'ai remercié. Après tout, ce type n'est pour rien dans cette sombre histoire.

— Tu sais, Olivier, je ne prétends pas remplacer ton père, mais je peux essayer d'en faire office, si tu veux bien m'accepter comme tel.

— Merci, Martin. Merci.

*

Il a un bateau. Je ne sais pas ce que c'est comme type d'embarcation, je n'y connais rien. C'est un bateau à moteur, c'est tout ce que je sais. Sympa, l'intérieur. Deux places à l'avant, trois à l'arrière, tout en cuir rouge. Une plage en lattes de bois ciré et une chouette cabine. Un beau tableau de bord en ronce de noyer, je pense, mais pas sûr. La coque est blanche. Ce matin-là, il rentre dans ma chambre en faisant claquer violemment la porte contre le mur. Je sursaute et me réveille en panique.

— Allez, moussaillon, c'est l'heure des braves, debout là-dedans !

— Mais, papa, il fait nuit. Quelle heure il est ?

— Cinq heures, fils. Fonce sous la douche, il y a du café frais à la cuisine.

— C'est trop tôt, laisse-moi tranquille, dis-je en m'enroulant dans mon drap, tête comprise.

— Quand on va à la pêche, c'est l'heure qu'il faut. Allez, sors de là.

Il arrache le tissu qui me recouvre et me tire par le haut de mon tee-shirt, m'obligeant à m'asseoir.

— Dépêche-toi, matelot, sinon j'te fous à la mer ! dit-il en riant aux éclats et rejoignant la cuisine.

J'aime ces parties de pêche avec juste lui et moi. On écoute de la musique, pas trop fort, pour ne pas effrayer le poiscaille, comme il dit. Vers dix heures, il prépare des sandwichs, presque toujours accompagnés d'un rosé de Provence qu'il a mis au frais dans une glacière. C'est celui qu'il préfère. J'aime bien aussi. J'en bois peu. C'est surtout pour lui faire plaisir. Je sais qu'il est heureux quand je viens à la pêche avec lui. Moi aussi. On revient souvent bredouilles, mais heureux. C'est ça qui compte

C'est un des scénarios qui tournent en permanence dans ma tête. Et c'est tous les jours. En toutes occasions et en tous lieux. Il a peut-être un bateau. Pourquoi pas ? Mais lui, où est-il ? Avec ou sans bateau.

*

Une fois encore, j'attends ce qui me paraît être le meilleur moment pour parler à ma mère. Je la sens plutôt bien aujourd'hui. Comme c'est samedi après-midi et que je suis à la maison, je lui propose de faire du thé. C'est pas la boisson que je préfère mais, à la guerre comme à la guerre. Elle accepte. Elle lit et a l'air très imprégnée par sa lecture. Le dialogue va être compliqué, je le crains. Lorsque je reviens de la cuisine elle a son livre ouvert sur les genoux. Il faut que je saisisse cette opportunité. Je pose mon plateau sur la table de la salle à manger. C'est un appartement minuscule, nous n'avons pas de salon.

— Regarde dans le buffet derrière moi, dit-elle, il y a une boîte de biscuits.

Le thé doit infuser un moment. J'espère qu'elle ne va pas reprendre sa lecture. J'improvise.

— Au fait, maman, je t'ai pas dit ? Tu sais le nouveau prof de dessin, celui qui remplace le géomètre, devine d'où il arrive.

— Je... je sais pas. Un endroit que je connais ?

— Oh, oui. Et même très bien.

— Dis-moi...

— Ault-Onival.

— C'est pas vrai ! Comment s'appelle-t-il ?

— Tran NGuyen. Pas vraiment picard, dis-je en riant.

— En effet, dit-elle, riant également. Comment le sais-tu ?

J'aime quand maman rit. J'aime son rire, ses yeux, sa bouche. C'est rare. Elle ne rit pas souvent. Apparemment l'anecdote l'amuse.

— En parlant de la Picardie, justement. Il est né là-bas, de parents Vietnamiens implantés depuis quelques décennies. Il se trouve qu'il a cité son lieu de naissance. J'en ai profité pour lui dire que nous passons nos vacances de Pâques et d'été dans cette station depuis quelques années. Puis-je servir le thé, Maman ?

— Oui, je pense que c'est bon. Passe-moi le demi-citron, s'il te plaît. C'est drôle la vie, quand même. À propos de ton prof, je veux dire.

— C'est drôle, en effet. Vous alliez où en vacances, du temps de papa ?

Je vois qu'elle s'assombrit. Je me mords les lèvres. J'ai voulu faire trop vite. Elle se referme comme une huître et continue de déguster son Darjeeling par petites lampées. Quand elle a terminé sa tasse, elle la pose à côté de moi et dit seulement :

— Ressers-moi une demi-tasse avec du citron.

Je m'exécute.

— Pourquoi tu veux pas me parler de lui, m'man ?

— S'il était mort, tu pourrais me poser la question.

— Donc, il est vivant. Où est-il, s'il te plaît ? Il faut que je sache. C'est vital pour moi.

— Pas pour lui, apparemment. Je pense qu'il se moque complètement de savoir ce que tu es et où. Écoute, Oli, une fois pour toutes fiche-moi la paix avec ça, dit-elle en se levant, j'ai de bonnes raisons pour ne pas te répondre.

Elle range la boîte de biscuits, récupère le plateau et s'en va vers la cuisine. Encore raté. Je reviendrai à la charge. Un autre jour. Une autre fois.

On habite rue Rampal, dans le dix-neuvième arrondissement. Je descends à pied la rue de Belleville jusqu'à la bouche de métro du même nom. Je n'ai qu'une station jusqu'à Goncourt pour arriver rue Darboy. C'est là que je prends tous les jours mes cours de dessin. À l'E.P.D.I, École professionnelle de dessin industriel, où je m'ennuie à mourir. Mes parents, enfin ma mère et Martin, ont eu la bonne idée de me faire passer deux concours, après l'obtention de mon brevet. L'un, en dessin publicitaire, l'autre industriel. J'ai eu la mauvaise idée d'être reçu aux deux. Mais, ce n'est pas moi qui ai choisi au final. J'avais quinze ans.

— Tu prendras dessin industriel. C'est du sérieux et tu es sûr de trouver des débouchés, ne serait-ce qu'en architecture. Ce sont des emplois stables. La publicité, c'est plutôt des saltimbanques.

Ça, ce fut le discours de Maman, approuvé et validé par Martin. Comme s'il y connaissait quelque chose en tant que fonctionnaire au ministère des sports. Je me retrouve derrière ces immenses planches, à imaginer des plans et encore des plans et quand j'ai fini, on me demande d'exécuter à nouveau des plans. Quand je pense au fric que gagnent les gens qui font de la pub, c'est à désespérer du genre humain. Je n'en veux pas à maman. Je suis certain qu'elle a fait ça en « bonne mère de famille ». Mais tout de même…

Avec mon copain et voisin de planche, Tchang, on dessine à la marge. Moi des personnages de BD et lui à l'encre de chine sur les cravates de ceux qui veulent bien. Et tout le monde veut. Sauf le prof. On se demande bien pourquoi. Lui, un jour, il est venu vérifier mon travail et il a vu tous mes graffitis autour du plan. Il m'a dit : « — Vous auriez dû œuvrer en Pub plutôt qu'en industriel. Vous me semblez particulièrement doué.

— C'est à mes parents qu'il faut dire ça, Monsieur.

— Je comprends. C'est dommage. Vraiment...

J'ai cru qu'il allait me dire « Voulez-vous que je leur parle ? » Mais, je t'en fiche, il est reparti à son bureau et n'est jamais revenu vers moi.

Avant de rentrer en cours, je m'arrête dans un petit café de l'avenue Parmentier. C'est minuscule et toujours bourré à bloc d'étudiants des environs. Quelques-uns de l'E.P.D.I aussi. On boit du Coca et on joue au flipper – un des seuls bistrots qui en possède encore un – en attendant l'heure. Et on fume beaucoup. Dehors, mais beaucoup. Trop. J'y vais aussi pour Mélanie. On se connaissait déjà de vue depuis une année scolaire. Un soir elle était invitée en même temps que moi à l'anniversaire de Jérémy, le fils à papa du groupe. Il en faut bien un. Et puis, lui au moins, il a un père. Mélanie, je l'ai kiffée tout de suite. Trop mignonne et surtout trop marrante. On a dansé ensemble. Enfin, je veux dire "en même temps" vu qu'il n'y a eu aucun slow. Mais sur l'un des canapés, là on était ensemble. Et même très ensemble. Comme quoi la Vodka peut réchauffer les cœurs. Et pas que. On est allé aussi une fois au cinéma. Ni l'un ni l'autre ne se souvient du film. C'est bientôt son anniversaire, j'espère qu'elle m'invitera. Maintenant, ça va être le casse-tête pour son cadeau. Enfin, je verrai au dernier moment.

***

Papa me le répète sans arrêt : « — Vous, les jeunes, vous ne savez pas y faire avec les nanas. Une fille, tu dois l'étonner, tu dois être Zorro ou Goldorak. Et puis, mettez des slows dans vos boums, ça aide, tu sais. En vous trémoussant comme des singes, vous perdez du temps. Oui, Papa il dit "boum", c'est un truc des seventies, ça. Ou du Néandertal peut-être. Comme Goldorak et Zorro, d'ailleurs. Peu importe, je suis sûr qu'il a raison. Papa a souvent raison. Pour ne pas dire toujours.

J'étais gamin cette année-là, on était au camping des Baumelles, comme tous les ans.

En arrivant, il a exigé un nouvel emplacement compte tenu de la position du soleil au travers des arbres l'après-midi et surtout de l'équation distance mobile-home, plage, sanitaires. On lui a accordé. Faut dire qu'on est clients depuis des années aux Baumelles. J'aime bien aller aux sanitaires en même temps que lui. On se marre. J'ai que huit ans, alors j'ai pas de barbe, mais il m'enduit le visage de mousse à raser et je fais semblant avec un bâton. Ça le fait rire. Après, je l'attends dehors. Quand il a pris sa douche, on descend à la mer. On court comme des fous.

— Le dernier arrivé fera la vaisselle à la place de Maman, pendant une semaine !

Je cours le plus vite que je peux, mais c'est toujours lui qui gagne. Il rit et m'attrape par un bras et une jambe. Il me soulève et me fait faire l'avion. Je suis étourdi quand il me repose. Il va se jeter dans les premières vagues. Je le rejoins.

— On va jusqu'à la bouée bleue, d'accord, fils ?

— D'accord, p'pa !

D'accord, p'pa. D'accord, p'pa. Combien de fois ai-je répété cette phrase ? Je n'ose pas en faire un calcul statistique journalier, sauf à être obligé de compter aussi les nuits. Celles de mes rêves, où il est constamment présent. Gab dit que je me rends malade avec ça. Je n'ai pas l'impression d'être malade. C'est un peu comme si j'écrivais une histoire que j'aurais inventée. Dans laquelle il n'y aurait qu'un personnage fictif. Et moi.

Je suis décidé à trouver une astuce pour passer des vacances en Normandie, cet été. Du côté de Deauville, tant qu'à faire. Il faut que j'embrouille Maman pour un projet de camping avec des copains ou un truc du genre.

Tant pis si elle n'est pas contente. J'aurai dix-sept ans d'ici là. Je sais pertinemment que mon enquête peut déboucher sur un échec. Peu importe, je dois la faire. C'est autre chose qu'une obsession, c'est vital pour moi. Un détail me tracasse pourtant. Imaginons que je le retrouve. Quelle sera sa réaction ? Peut-il me rejeter ? Me renier ? Comment le pourrait-il, vu qu'il ne m'a pas reconnu. Je dois tenir compte de son éventuelle réaction. De toute façon, si c'est le cas, je lui dirai ma façon de penser.

En fait, je ne lui dirai rien.

Je l'aurai retrouvé et ça devrait me suffire.

Enfin... je crois.

***

2

— Comment tu comptes t'y prendre, en fait, Oli ?

C'est Mélanie qui me pose la question après que je lui aie fait part de mon plan pour cet été.

— Je serais bien venue avec toi mais mes parents ne voudront jamais que je parte seule avec un garçon. Avec une fille non plus, d'ailleurs. Tu devrais voir avec Jérem, je crois que ses parents ont une baraque en Normandie.

— Pas question que je demande quoi que ce soit à ce type qui se la pète comme il respire. Je vais plutôt voir avec Denis et Jérôme, je sais qu'ils ont l'habitude de ce genre de vacances. Jérôme, en tout cas.

— Une fois sur place, comment tu procèdes, Monsieur le détective ?

— Je n'en sais fichtre rien. Je ne connais que son prénom, Philippe. Avec ça, je suis pas fauché.

— Mouais… C'est mince. Tu ignores même son métier ? Au moins à ta naissance, ça pourrait restreindre le champ de tes recherches.

— Les deux seules qui savent sont ma mère et ma grand-mère. Mais elles sont muettes comme des tombes toutes les deux. Il faut que je ruse avec Maman. Déjà, quand elle va connaître mon projet pour les vacances, ça va être chaud.

— Ah, parce que tu vas lui dire que tu vas rechercher ton père ? T'es ouf !

— Mais, non. Juste le fait que je ne parte pas en vacances avec eux dans le village de ploucs de mon beau-père, ça va pas lui plaire.

— Ben, t'as bientôt dix-sept ans, quand même.

— Je compte bien argumenter là-dessus, justement. Pour commencer, je vais voir si les Bogdanoff sont d'accord.

— Les Bogdanoff ?

— Oui, Jérôme et Denis. Ils sont inséparables, on dirait des jumeaux. D'où leur surnom.

Mèl éclate de rire.

— Vous êtes vraiment dingues, les mecs ! Bon, Oli, faut que je rentre. Réfléchis, si je peux faire quelque chose pour toi, tu me phones. Allez, smackou.

Elle me prend par le cou, me dépose un baiser sonore sur la joue. Je l'enlace et rencontre sa bouche. Fortuitement, bien sûr.

— Promis, je t'appelle. Rentre bien.

*

J'aime ce camping Les Baumelles à Saint Cyr sur mer. Quelquefois, quand maman n'a pas envie de préparer à manger, papa nous invite au resto. C'est sympa. C'est plein tous les soirs. Y a de la musique. Bon, ça fait un peu foire du Trône, mais c'est convivial.

Et puis alors, toutes les nanas reluquent mon père. Faut dire que c'est un canon. Que ce soit les serveuses ou les clientes, des dizaines de paires d'yeux se braquent sur lui. Maman surveille, telle une louve sa portée. Elle est consciente de ce qui se passe. Papa aussi. Il lui sourit et trinque son verre de rosé contre le sien. Elle n'est dupe de rien. Lui non plus. Moi, je suis fier d'avoir un paternel qui attire tant de regards. J'espère que je serai comme lui plus tard. À onze ans, les filles commencent à me zyeuter aussi. Mais je suis trop timide. Papa dit que ça se soigne. On verra bien.

À l'école, mes copains parlent souvent de ce que font leurs pères. Je suis sûr qu'ils en rajoutent. Mon père ceci, mon père cela. Moi, je n'ai pas besoin d'en remettre une couche. Le mien, c'est quelqu'un d'important. Il fait du commerce international. Il est agent secret aussi. Ça dépend des jours.

De mes nuits, surtout.

Quoi qu'il en soit, je suis plutôt fier qu'il prenne du temps pour être avec moi. Quelquefois, sans prévenir, il vient m'attendre à la sortie des classes. Et il me dit :

— Allez, fils, on va faire la tournée des Grands-Ducs, t'es content ?

Et comment que je suis content. Mes copains n'en reviennent pas de me voir monter dans sa BMW cabriolet dernier modèle. On file en direction des Champs-Élysées. Papa se gare au parking souterrain Claridge rue de Ponthieu. Il dit que c'est le plus pratique dans le quartier. Et puis, on est tout près du Gaumont.

C'est souvent là qu'il m'emmène au cinéma. Avant la séance, on s'arrête à la crêperie Framboise, rue de Ponthieu aussi.

Je me gave de deux ou trois spécialités différentes. Lui, il boit une bière et mange une seule crêpe.

Je crois qu'il a ses bureaux dans le secteur. Il m'a dit qu'il me ferait visiter un jour et qu'il me présenterait à tout le personnel. J'ai hâte. Je sais qu'il m'aime. Il n'est pas à me faire des léchouilles sans arrêt. Il me prend par les épaules quand on traverse une rue. Il m'ébouriffe les cheveux et il rit beaucoup. Quelquefois, il me donne une tape dans le dos. J'aime bien.

*

Je ne me souviens pas du moindre geste de tendresse de maman. Ni de bisou comme ça, pour rien. Ce n'est pas une tendre. Elle dit qu'elle a été élevée à la dure. Que la vie n'a pas été facile pour elle. Quand j'interroge Mamie, elle dit que sa fille exagère. Je ne sais plus qui croire.

Avant qu'elle rencontre Martin, j'étais en pension chez Mamie Simone et Papy René du côté d'Agen. Un village qui s'appelle Saint-Jean de Thurac. Quand j'ai eu huit ans, Maman a voulu me récupérer. Elle était déjà en ménage avec son fonctionnaire. Et puis, Papy René est mort. Du coup, Mamie est remontée aussi sur Paris. Elle est restée avec nous trois mois, le temps de trouver un studio pour sa retraite. Martin l'a beaucoup aidée dans sa démarche. En plus, je pense qu'il ne tenait pas spécialement à héberger la belle-doche ad vitam aeternam. Mamie n'aurait pas voulu non plus. Trop indépendante.

Les premiers contacts entre Martin et moi ont été plutôt du style banquise. Je pense que nous étions gênés réciproquement. Et puis, petit à petit, l'atmosphère s'est réchauffée. Il m'a montré sa collection de timbres. J'ai fait semblant de m'y intéresser et tout le monde était content.

*

J'ai bien réfléchi à la question. Avant d'entreprendre mon plan de camping avec les potes, il faut que j'aie au moins un indice pour mener mon investigation. En effet, je ne me vois pas faire toutes les rues de Deauville en demandant aux passants : « Sauriez pas où qu'il est mon papa ? ». Ça ne serait pas sérieux. Du coup, j'ai pensé à un truc. Je vais travailler Mamie au corps. Elle va finir par craquer.

*

J'ai la clé pour rentrer chez elle. Je ne sonne pas. Elle est dans la cuisine. Le bruit de la serrure lui fait tourner la tête.

— Oh, mon grand ! Comme je suis contente. Quelle surprise. Qu'est-ce qui me vaut le plaisir de ta visite ?

— Rien de spécial, Mamie. Je suis dans le quartier, j'en profite pour te faire un p'tit coucou.

— Je suis ravie. Je viens de faire du café, tu en veux une tasse ? Comment va ta mère ? Elle ne me donne pas trop de nouvelles. Et Martin, tu t'entends bien avec lui, au moins ?

— Mamie, oui pour le café et pour Martin. Quant à Maman elle va plutôt pas mal. Je lui dirai que tu as demandé. Et toi, comment ça va, ma Mamounette ?

— Ça va. Je me suis inscrite à un club de bridge dans le quartier, du coup je me suis fait des copines. Dont une qui habite l'immeuble, je ne le savais même pas. Sinon, je regarde la télé et je lis beaucoup, comme tu le sais. Assieds-toi, je te sers. Attends, il me reste du cake que j'ai fait hier quand j'ai invité Geneviève. C'est celle dont je t'ai parlé qui habite au troisième étage. Elle est veuve aussi.

Cette fois-ci, il faut que je sois prudent. Et pas pressé, surtout. Je vais la laisser parler le plus possible. Elle en a besoin du fait qu'elle vit seule.

Elle me raconte un tas de choses qui ne m'intéressent que moyennement, voire pas du tout. Mais l'enjeu est de taille pour moi. Je lui pose des questions sur son voisinage. Elle me parle des commerçants du quartier, tous très gentils. Sauf un. Elle n'ira plus chez lui, ça lui apprendra. Je lui dis qu'elle a parfaitement raison. Ben, tiens...

— Et puis alors, le facteur, c'est un drôle celui-là ! Même quand il n'y a pas de courrier, il sonne chez moi pour me demander si tout va bien. Je le fais rentrer. On boit un verre de vin ensemble et on discute. Je crois que c'est pour le coup à boire qu'il s'inquiète de ma santé, dit-elle en riant.

— Ou alors, il est amoureux de toi, Mamie, dis-je avec malice.

Elle éclate de rire, au bord de l'étouffement. Elle m'a fait peur. J'ai cru qu'elle allait rendre l'âme. Et puis, elle se calme.

— Toi, alors ! Tu ne changes pas, me dit-elle. Tu me vois amoureuse du facteur ? Ah, ah, ah !

Il faut que je passe à l'attaque. J'aime bien ma mamie, mais ça commence à être un peu longuet.

— Mamie, j'ai un truc à te demander, mais je sais pas comment te dire ça.

— Tu as besoin de sous ? Combien tu veux ? Je n'suis pas riche, tu le sais, mais je peux te dépanner. C'est ça, hein ?

— Non, non, écoute je... Enfin voilà, c'est par rapport à mon père et...

— Olivier. On en a déjà parlé mille fois. Tu connais ma position sur le sujet. Je ne veux pas d'histoire avec ta mère, tu le sais aussi.

— Je veux juste savoir quel métier il faisait quand je suis né, c'est tout. C'est quand même pas énorme comme demande, non ?

Je vois qu'elle hésite. Elle se lève. Arrête la cafetière électrique. Se tourne vers moi : « —Tu veux encore un peu de cake ?

— Non, merci Mamie. Je vais y aller. Je suis désolé de t'avoir contrariée, ce n'est pas ce que je voulais.

— J'en suis sûre, mon chéri. Ne t'en fais pas pour ça. Je suis surtout chagrinée de ne rien pouvoir faire pour toi.

Je me lève et me dirige vers la sortie. Elle m'accompagne. Je l'embrasse et je sors. Elle referme sur moi. Je suis à la moitié du hall quand j'entends sa porte se rouvrir. Je me retourne. Elle me fait signe de revenir. Je m'avance vers elle.

— Il était coiffeur. Je ne t'ai rien dit, tu ne sais rien, on ne s'est pas vus. Nous sommes d'accord ?

Un sourire de contentement illumine mon visage en même temps qu'une vague de plaisir inonde mon corps. Je la prends dans les bras et je la berce de gauche à droite. Je l'embrasse partout sur la tête.

Elle m'embrasse à son tour et repousse sa porte.

*

Ce soir, Papa est passé au JT de vingt heures.

Comme je le savais, j'ai prévenu un maximum de copains à l'école. La séquence était enregistrée depuis vingt-quatre heures et je connaissais la date de diffusion. On l'interviewait sur l'expansion de sa société en Afrique et le bénéfice qu'en tirent les populations les plus précaires, sur la construction d'un hôpital ultramoderne au Bénin.

Ils ont également évoqué l'incroyable odyssée de cet homme parti de rien. Cet homme qui est mon père et dont je suis fier. Évidemment, le lendemain matin, j'étais la star dans la cour de récré. J'ai essayé de me la jouer modeste. Franchement, j'ai eu du mal Faut se mettre à ma place, aussi. On m'a posé plein de questions auxquelles je n'ai pas toujours su répondre.

— *Vous pourrez lui demander, il va venir me chercher à la sortie.*

C'est Maman qui est venue. J'étais un peu déçu. D'autant plus qu'elle était pressée et qu'elle n'a pas voulu perdre du temps à discuter avec certains curieux. Ça m'a un peu contrarié, du coup. Pas toujours facile d'être enfant de star.

***

— Coiffeur ?*!!* C'est génial ! Il ne doit pas y en avoir cent cinquante à Deauville, quand même ?

Apparemment, Mélanie est ravie pour moi. J'avoue que je le suis aussi. A priori, ça devrait me faciliter les choses. À moins qu'il ait changé de métier depuis. C'est une éventualité dont je dois tenir compte. Mais, je refuse d'être négatif.

— T'as vu les Bogdanoff ? demande-t-elle en riant.

— J'en ai parlé à Denis. Il a dit que ça devrait pouvoir s'envisager. Il faut juste qu'il en parle à Jérôme. Et surtout à ses parents.

— Vous iriez comment ?

— En train, je suppose. On n'en a pas encore discuté. Par contre j'ai déjà repéré un camping pas cher juste avant l'entrée dans la ville. À trois, on devrait pouvoir assurer, si on fait pas trop les fous sur place.

— Je t'envie un peu, Oli. D'abord pour le camping, ça doit être super. Et puis, mener une enquête pour retrouver son père… Quel pied.

— J'ai envoyé un mail à l'office de tourisme de Deauville pour savoir combien il y avait de salons de coiffure en ville. J'espère qu'ils vont me répondre.

— Ah, 'tain, t'es pas gonflé, toi !

— Ben, je vois pas ce qu'il y a de gonflé, c'est leur job de répondre aux demandes de renseignements, non ?

***

3

Réunion au sommet au Balto. Jérôme, Denis et ma pomme. En terrasse, sinon on peut pas cloper. Et y a pas de réunion sérieuse sans clopes et cendriers, c'est bien connu. Premier consensus sur la boisson : Coca pour tout le monde. Ça commence plutôt bien. En tant qu'initiateur du projet, je prends la parole.

— Alors, les mecs, ça se présente comment ?

— Pour moi, dit Jérôme, c'est OK. Mes vieux ont l'habitude que je parte avec des potes depuis trois ans.

— Denis ?

— Moi aussi, c'est good. Ma reum a un poil chouiné, mais mon père a dit qu'il faut que j'm'émancipe. Toi, Oli ?

— J'en sais rien, j'ai pas encore posé le deal à ma mère, mais qu'elle veuille ou pas, je m'en fous. Par contre, j'ai pas de matériel de camping. Ni de tente.

— Te casses pas pour ça, dit Jérôme, j'ai ce qu'il faut. À trois on est à l'aise sous ma toile. Faudra juste te trouver un matelas et toi aussi, Denis. Pensez à prendre des gobelets en plastoc avec des couverts, ça peut servir. Au niveau de l'enquête, on procède comment ?

— J'ai envoyé un mail à l'Office de tourisme de Deauville pour connaître le nombre de coupeurs de tifs dans la ville.

— Tu parles, y vont te répondre dans trois mois. On verra sur place.

— Ben, non, mon pote. Figure-toi, j'ai envoyé le mail dimanche matin, j'avais la réponse dans l'après-midi.

— Tu déconnes, Oli ?

— Pas du tout, dis-je en sortant de ma poche une feuille imprimée. Voilà la liste. Y en a exactement treize dans la ville. J'ai même les adresses et les numéros de phone. Évidemment, pas un seul avec le prénom Philippe, ça aurait été trop beau.

— Fais voir un peu, dit Denis en m'arrachant presque le document des mains.

***

Comment on fait pour faire un gosse à une femme et se barrer un mois après la naissance ? Y a un truc qui m'échappe. Ça a quand même duré neuf mois, le chantier. Pourquoi il s'est pas cassé avant ? Il faut que je sache.

Mon projet ne démarre pas trop mal. Je connais son métier, enfin celui pendant la neuvaine. Je connais sa région et son prénom. C'est déjà ça. Je suis sûr qu'avec ces indices, Sherlock Holmes te boucle l'affaire en quinze jours. Enfin, quinze jours, s'il n'est pas en forme. Vu que je suis ni Holmes, ni Columbo, va falloir que je fasse travailler mes neurones. Déjà, j'ai l'accord des Bogdanoff, le soutien de Mélanie, la bénédiction de ma grand-mère et celle de Gab. Reste à convaincre Maman de me laisser vivre ma vie, au moins pour le mois de juillet. Après, on verra.

Ensuite, sur place : Je sais qu'il y a treize salons de coiffure à Deauville. Comment procéder ? Je ne me vois pas rentrer dans chaque commerce capillaire en demandant au mec s'il est mon père. Déjà, on pourrait éliminer les salons pour femmes. Je dis "on", car je compte sur mes deux potes pour m'aider. Je comprends rapidement que je suis stupide. Pourquoi éliminer les instituts féminins ? Qui a dit qu'il était coiffeur pour hommes ? Et les salons mixtes, on en fait quoi ? Faut tous les prospecter. Point barre. Évidemment, l'idéal serait qu'on tombe sur une devanture sur laquelle serait inscrit « Chez Philippe - Coiffeur ».

Mais, bon, ça, c'est dans les films. Et puis, je ne suis pas certain que ce soit encore à la mode, en plus.

Si seulement j'avais une photo.

Ou un portrait-robot.

Je regarde trop la télé, moi.

Papa est un peu macho. C'est lui le chef, le patron. Quand Papa dit, tout le monde dit oui. C'est un homme sûr de lui, qui ne laisse rien au hasard. Ni dans ses affaires, ni dans sa vie privée. Il protège sa famille. Il prend soin de sa progéniture. C'est-à-dire, moi.

J'avoue que je l'admire. J'aimerais tant lui ressembler, plus tard.

***

Quand je parle du village de ploucs de mon beau-père, j'exagère beaucoup. En fait, c'est sa grand-mère, Mémé Didine, qui possède ces trois petites maisons imbriquées les unes dans les autres. Elle les loue l'été. Nous, on est toujours dans celle au bout du jardin surélevé. Depuis que Maman connaît Martin, on passe nos vacances d'été, celles de Pâques aussi, à Ault-Onival, proche du Tréport. Mémé Didine est plutôt rigolote. C'est une femme du cru, une vraie Picarde. Elle est toujours habillée de la même façon. Un fichu sur la tête et une longue robe noire ou grise assez ample qui descend jusqu'aux chevilles.

Elle ne porte jamais de culotte, c'est connu, car de temps en temps, on peut la voir, jambes écartées, faire pipi debout dans la cour intérieure, juste là où il y a une sorte de grille qui protège l'écoulement des eaux usées. Ça fait partie du folklore. Tout le monde en rit. Mais elle commence à perdre un peu la boule. Sa fille, Marguerite, la mère de Martin, aimerait bien gérer l'affaire à sa place. Mais la vieille ne l'entend pas de cette oreille. Elle dit : « —Tant que je serai vivante, je ferai tourner la baraque. Le commandant du navire, c'est moi. »

— Maman, tu restes la patronne, mais tu commences à fatiguer. Laisse-moi te soulager en partie de la gestion saisonnière, insiste Marguerite.

— C'est de mon porte-monnaie que tu veux me soulager, oui. Il n'en est pas question. Pas pour l'instant, en tout cas.

— Martin, tu entends ce que me dit ta grand-mère ?

Martin se défile, comme toujours. Martin n'aime pas prendre parti. Moi, ça me fait rire. Et Maman aussi. Pour nous, l'essentiel c'est qu'on puisse profiter d'un hébergement gratuit pour les vacances. C'est pas la côte d'azur, mais c'est bien aussi. Et puis, ce que j'aime là-bas, c'est l'iode et le sel. J'adore. Avec mes copains parisiens, les enfants des locataires, on se lèche les avant-bras, car on a toujours un peu de sel marin dessus. On s'amuse beaucoup. En dehors de la plage, on va aussi au Bois de Cise, à la sortie de la ville. On joue à Rahan dans les arbres.

J'aime bien Ault. Ce sont sûrement les meilleures vacances que j'ai passées depuis que je suis rentré à Paris. Il y a Sandra aussi. C'est la fille de Martin. Ses parents sont divorcés. Elle vit avec sa mère que je ne connais pas. Elle est un week-end sur deux avec nous à Paris et quasiment toutes les vacances d'été à Ault.

J'aime bien Sandra. Elle a quatre ans de moins que moi, mais on s'entend pas trop mal. Déjà, on aime les mêmes musiques, les mêmes séries à la télé. Aux vacances, elle vient à la plage avec nous. Soit avec les parents, soit avec mes copains, constitués pour la plupart d'enfants de locataires saisonniers. Martin a une sœur. Marie. Elle vient aussi à Ault avec son époux, Henri. Ils ont une maison à eux à Onival. Pas loin de chez Mémé Didine.

Quelquefois, ils viennent me chercher en voiture et m'emmènent en balade ou au restaurant à l'hôtel Saint Pierre, le plus chic de la ville. Ils ne font ça qu'avec moi. Comme ils n'ont pas d'enfants, je crois qu'ils ont jeté leur dévolu sur ma pomme. Les autres gamins touristes sont un peu jaloux. Sandra aussi. Le soir, tous les enfants dorment au grenier, aménagé avec une flopée de lits alignés et face à face. Des paravents séparent les filles des garçons. Mais ils sont souvent dépliés. Les parents sont ravis. Ils sont tranquilles. Nous, on s'éclate. Surtout après que Mémé Didine a passé les troupes en revue.

Sandra, qui fait partie de la compagnie, me fait raconter comment c'était ma journée avec Marie et Henri. Je raconte et j'en rajoute des tonnes.

*

Le bus a stoppé devant la clinique dont mon père est le directeur. Il ne sait pas que je dois venir. Je veux lui faire la surprise. C'est son anniversaire. Et comme il est toujours très occupé, une fois de plus on ne le verra pas à la maison.

Maman lui a téléphoné pour le lui souhaiter. Moi, j'ai préféré le faire en " live ". À la réception, tout le monde me connaît. Je fais juste un signe de main à Bénédicte, de service aujourd'hui. Je prends l'ascenseur jusqu'au premier étage pour rejoindre le bureau de Cassandra, la secrétaire particulière de papa.

Je frappe à la porte vitrée et entre sans attendre la réponse. Un grand sourire illumine son visage quand elle me reconnaît.

Je demande si je peux voir mon père. Elle me répond que c'est impossible pour le moment car il a dû se substituer à un confrère sur une opération délicate à hauts risques, que lui seul peut assurer.

— Je vais l'attendre dans son bureau, lui dis-je.

— Ça peut être très long. Il est rentré en salle il y a peu de temps. C'est une opération extrêmement longue et périlleuse.

— Pas grave. C'est son anniversaire et je vais l'attendre.

— Comme vous voudrez. Venez, je vous ouvre son bureau.

Je me suis installé sur le canapé dans lequel il reste quelquefois à dormir. J'ai trouvé de quoi lire. Et je me suis endormi.

C'est lui qui m'a réveillé.

— Mon grand ! Qu'est-ce que tu fais ici ? Tu es là depuis longtemps ?

Deux heures avaient passé. Comme j'ai dormi, le temps m'a paru court.

— Bon anniversaire, papa ! Je n'étais pas sûr de te voir à la maison alors, j'ai préféré venir te le souhaiter ici.

Il me prend dans ses bras, me serre et m'embrasse avec force.

— Merci, mon fils, ça me fait vraiment plaisir.

Son visage est tendu. Il est pâle, les traits tirés. Je comprends qu'il est fatigué. Cette opération, il n'y a que lui qui pouvait la faire, car il est le meilleur.

— Tu diras à ta mère que je ne rentrerai pas ce soir. Je vais dormir ici. Je n'ai pas la force de conduire. J'espère que tu as encore des bus ? En plus, il fait nuit, ça m'ennuie de te laisser partir seul.

— T'inquiète, p'pa, j'ai quatorze ans. Et ça roule jusqu'à vingt-deux heures. Bisous et bonne nuit, papa. Encore, bon anniversaire. Tu auras ton cadeau quand tu rentreras à la maison. Je t'aime...

***

Je profite du samedi soir où Sandra est de nouveau avec nous – c'est son anniversaire, version paternelle – pour aborder le sujet. Martin est content que sa fille soit là. Elle-même est ravie d'être avec son papa. Du coup, Maman est contente de savoir que Martin est heureux. Bref, tout va pour le mieux dans le meilleur des mondes. Pour bien faire, j'attends qu'on en soit au dessert. Un superbe Financier composé par Martin – c'est une de ses qualités cachées – pour célébrer la naissance de sa fille, à qui il propose de souffler les bougies. Un véritable régal. Je reconnais qu'il est doué. Maman aussi le dit. Après la flûte de champ' obligatoire, il me propose une autre part. J'accepte.

— Tu peux te le permettre, me dit-il, l'embonpoint ne te guette pas encore.

— Non, mais il paraît qu'il faut faire attention très jeune. De toute façon, je vais faire de plus en plus de sport. Notamment cet été.

— Pourquoi, cet été ? demande Maman.

La perche m'est tendue. Je l'attrape au vol.

— Mes copains Denis et Jérôme vont faire du camping en juillet et ils me proposent de me joindre à eux. Comme il va falloir marcher, ça me fera du sport.

Elle me regarde comme si elle ne m'avait jamais vue.

— Du camping ? Tes copains ? Qui a décidé ça, s'il te plaît ?

—Mais…euh…personne, enfin…C'est-à-dire, je voulais t'en…vous en parler. C'est juste une proposition. J'aimerais bien, en tout cas.

— C'est génial! s'exclame Sandra. Quelle chance. J'adorerais faire du camping. Ça doit être d'enfer.

Avec Sandra, tout est « d'enfer », c'est son mot de prédilection. Toujours est-il que si je pouvais, j'irai lui embrasser les pieds. Elle apporte de l'eau à mon moulin.

— Génial, génial, dit Maman, c'est vite dit. Olivier n'a que seize ans et n'est jamais parti seul en vacances.

— Dix-sept, Maman. Au mois de juillet, j'aurai dix-sept ans. Mes deux copains ont le même âge que moi. Jérôme est même proche des dix-huit.

— Je ne vois pas ce que ça change. Tant que tu n'es pas majeur, j'aime autant que tu passes tes vacances avec nous.

Martin croit bon d'intervenir.

— Dix-sept ans, c'est plus un bébé, amour.

Oui, il appelle Maman « amour ». Je trouve ça archi nul. Mais pour l'instant j'irai bien l'embrasser aussi. Enfin, pas les pieds. Merci Martin.

— Mais, pour ton linge, comment tu vas faire ?

—T'inquiète, m'man, mes copains ont l'habitude du camping, ils m'apprendront.

— Et vous iriez où ? demande-t-elle.

Voilà donc la question que je redoutais.

— En fait, ils changent d'endroit tous les deux trois jours. D'où la marche.

— Mais, le point de chute, au départ ?

Dois-je mentir ou pas ? J'hésite. Je biaise.

— En Normandie, mais je ne sais plus le nom du premier village.

J'ai l'impression d'être devenu transparent et que Maman m'autopsie.

— En Normandie ? Vraiment ? Qu'est-ce que tu en penses, Martin ?

Dans le ''vraiment'', je sens comme une suspicion. Devinerait-elle mon dessein ? Sandra suit attentivement le débat et je comprends qu'elle espère le résultat en ma faveur. Elle regarde son père.

— J'en pense qu'Olivier est un grand garçon et que c'est normal qu'il commence à vivre ses propres expériences. De plus, il a un téléphone portable et donc joignable à tout moment. La réciproque est vraie.

Je surprends ma demi-sœur prête à battre des mains, mais elle stoppe son geste quand elle aperçoit le regard de Maman braqué sur elle.

— Bien, dit celle-ci, il semblerait que la cause soit entendue à l'unanimité, même si je m'en exclus. Donc, d'accord pour le mois de juillet. Mais, en août tu nous rejoins à Ault, OK ?

J'ai envie de hurler de joie. Sandra me montre son pouce timidement.

— Oui, m'man, pas de soucis. En août je serai avec vous. Bon, je vais faire le café, d'accord ?

— C'est ça, dit-elle vaincue, va faire le café…

***

En plein cours, Jérôme quitte sa travée et me rejoint. Tchang carnage une nouvelle cravate. Mon complice s'arrête à ma hauteur.

— Alors, tes vieux, qu'est-ce qu'ils ont dit ?

— C'est bon. Ma mère, commandant en chef, est d'accord. Un peu sous la pression du reste de la famille. Mais le résultat est positif.

— Super ! Je voulais te dire que j'ai récupéré deux matelas par mon oncle. Y en aura un pour toi. On va aussi avoir des cartouches de clopes par lui car il va souvent en Italie et il les a un meilleur prix. Les Marlboro à 5€40 au lieu de 8€80 en France. Bon, il prend un euro de bénef par paquet, c'est correct, non ?

— Oui, c'est good. Génial, on va s'écla…

Le prof s'approche de nous.

— Fontaine et Moreau, si votre conférence de presse est terminée, je vous conseille vivement de reprendre l'exercice en cours. À moins, bien sûr que vous ne souhaitiez faire des heures supplémentaires.

— On se voit après, au Balto, soufflé-je à Jérôme.

Il rejoint sa planche après m'avoir fait un clin d'œil approbateur.

À dix-sept heures, sortie et nouvelle réunion au rade habituel. Mélanie s'est jointe à nous, excitée par le deal. Tournée générale de Coca offerte par mézigue. Je démarre la session.

— Bon, les gars, aujourd'hui on s'occupe du transport. Je pense que le train est l'idéal pour ce genre de trajet, non ?

Jérôme intervient.

— Le train ? T'es ouf ! Tu sais combien ça coûte ? Trente et un euros aller, donc multiplié par trois et remultiplié par deux pour le retour. Soit – il sort un papier de son carton à dessin – cent quatre-vingt-six euros, au total. Il ajoute : J'ai un plan en covoiturage pour treize euros cinquante par tête de pipe pour l'aller, autant pour le retour. Quatre-vingt-un euros, en tout. Y a pas photo. Vous validez, ou pas, les gars ?

On comprend qu'il a préparé la réunion avec soin et précision. J'interviens.

— Covoiturage, covoiturage, et si on tombe sur des mecs chelous ?

— Oli, je te rappelle qu'on est trois, plus le matos. Donc, au pire, y aura qu'un chelou, tu piges ?

— Il a raison, dit Denis. On est trois, le mec on lui fait son affaire !

Hilarité générale, y compris Mélanie qui est aux anges devant ce qu'elle considère déjà comme étant l'expédition du siècle.

— Faudrait déjà le trouver, dis-je en riant, avant de lui faire sa fête.

De nouveau, Jérôme sort un papier de son carton.

— Jean-Claude Da Silva, 31 ans, célibataire. Informaticien, habitant Boulogne-Billancourt. Passe le mois de juillet avec sa maman qui réside à Deauville. Départ mardi 2. Rentre sur Paname le dimanche 28 du même mois, vu qu'il reprend son taf le lundi qui suit.

Ébahis, Mèl, Denis et moi, restons sans voix.

— Chapeau, dis-je finalement. T'es vraiment un cador, Jéjé, bravo. C'est du sûr, au moins ?

— Garanti sans facture et sans bavure, le gus est super-clean. Rendez-vous le matin à huit heures, métro Pont de Sèvres, c'est ce qui l'arrange le mieux. Il a un coffre dispo pour le matos. De là, autoroute A13 et... à nous les vacances ! Il attend que je confirme.

Les trois comparses que nous sommes, ne peuvent qu'applaudir devant une telle organisation. Denis intervient :

— Si ça se trouve, au retour on n' sera plus que deux.

— Pourquoi tu dis ça ? demande Mèl.

— Si Oli retrouve son père, il voudra rester avec lui, non ?

— Euh, on n'en est pas encore là, Denis, dis-je. Pas encore.

*

En tant que fils de navigant, j'ai effectué plusieurs voyages dans différents pays. Notamment les States, via l'aéroport JFK. Mon père avait trois jours de pause avant de réembarquer. On en a profité pour se balader dans New York. J'ai bien aimé. On a même fait un tour en hélico au-dessus de Manhattan. Franchement, ça vaut le coup.

On est aussi monté sur l'Empire State Building. Au 86 ^{ème} étage. Très impressionnant. Évidemment, j'ai pris une tonne de photos et pas mal de vidéos. J'ai posté tout ça sur Facebook et sur Insta. J'ai eu un nombre de likes incroyable. Une autre fois, j'ai passé une semaine chez les kangourous. En Australie, bien sûr. Je connais aussi un peu le Mexique, la Russie.

Oui, je sais, j'ai beaucoup de chance d'avoir un père commandant de bord.

***

Le week-end suivant maman avait invité sa sœur, Gabrielle, et Mamie Simone à déjeuner. Nous n'avions pas Sandra, donc suffisamment de place autour de la table.

Gab refuse souvent les invitations de Maman. Elle dit qu'on ne peut pas fumer normalement. Ce qu'elle veut dire, c'est qu'on l'oblige à aller se dépoumoner sur le balcon. En vérifiant bien que les deux battants de la fenêtre soient refermés au maximum. Personne ne fume chez nous. À part moi, mais en dehors de la maison. Ma mère ne supporte pas la tabagie. Martin, lui n'a jamais fumé de sa vie. Je me demande comment c'est possible. Gab aussi.

En fait, quand elle accepte, c'est plutôt entre le printemps et l'été. L'hiver, on ne la voit jamais, sauf à aller chez elle. Maman n'y va pas. Elle dit que tout pue le tabac et que ça lui donne des nausées. Les deux sœurs sont aussi dissemblables que possible. Aussi bien physiquement que socialement. Gab est une croqueuse de vie. Elle fonctionne à cent à l'heure.

Elle boit, elle fume, elle sort, elle reçoit beaucoup et dépense énormément d'argent. Y compris celui qu'elle n'a pas.

Maman, c'est différent. C'est la ménagère type. Propre sur elle, économe. Aucun excès. Aucune fantaisie non plus. Pas austère, mais incolore, presque. Et puis, avec elle c'est « une place pour chaque chose et chaque chose à sa place ». Pas question que je quitte ma chambre sans avoir refait mon lit. Quand je suis de repos, je dois faire la poussière et passer l'aspirateur dans ma caverne, comme elle dit. Elle m'a repris en mains dès que j'ai quitté mes grands-parents. J'avais huit ans. Chez Papy et Mamie, je faisais ce que je voulais. Liberté totale. Ils étaient aussi cool l'un que l'autre. Je venais grignoter quand je voulais. Je sortais de table quand je voulais. On avait des poules, des canards, un chien, un chat avec nous dans la salle à manger. Enfin, c'était l'anarchie totale.

Malgré ça, de temps en temps, mes grands-parents s'engueulaient. Y avait tout qui volait dans la maison. Les assiettes, les casseroles, le chat. Le chien, lui, il aboyait à la mort. Et moi je me marrais. Avec Maman, le régime a changé. J'ai appris à me tenir correctement à table et à ne sortir qu'après en avoir eu la permission. Je ne me plains pas de ça, mais j'avoue que j'envie la façon de vivre de Gab. Après avoir fumé sa clope en punition, elle nous rejoint et s'assoit à côté de Mamie Simone. Elle lui passe la main dans les cheveux et lui dépose un baiser sur le front. Elles se sourient. Elles se voient peu également. Pour les mêmes raisons. Mamie n'a jamais supporté l'odeur du tabac, d'où certaines engueulades avec Papy René. Ma tante se tourne vers moi.

— Alors, Oli, ça y est, c'est l'aventure, cet été ?

— Oui, on part à trois potes en camping. J'ai hâte.

— Tu m'étonnes, dit-elle. Et puis, Deauville, ça doit être gén...

Elle se rend compte qu'elle vient de faire une gaffe. Mon sang ne fait qu'un tour. Maman réagit.

— Deauville ? Pourquoi Deauville ?

— Mais…je… on y passera sûrement, vu qu'on sera dans la région. Enfin, je suppose, dis-je.

— Oui, se justifie Gab. J'ai dit Deauville comme j'aurais dit… je ne sais pas, Trouville ou Machinville. Par là, tous les noms finissent par ville, je crois.

Il est clair qu'elle vient de jeter un trouble. Je suis sûr que Maman a des soupçons. Mamie s'abstient de tout commentaire. Ce n'est pas le genre à en rajouter une couche, elle.

— C'est pas tout ça, dit Gab en se tournant vers Martin, il commence à faire soif, mon cher beau-frère.

Une façon comme une autre de noyer le poisson.

— Oui, tu as raison, dit-il. Je te propose…

— Un whisky. Ne cherche pas plus loin en ce qui me concerne.

— Très bien. Mamie, un Martini ?

Mamie hoche la tête.

— Et toi, amour ?

— Martini aussi, dit Maman.

Je tends mon verre en direction du flacon de sky. Gab me sert une rasade. Je guette que Maman ne me surveille pas. Le malaise semble dissipé. Je suppose que ma mère m'en reparlera quand tout le monde sera parti.

***

Avec les Bogda, on enchaîne les réunions. Mèl est présente à chaque fois, Elle s'est prise au jeu et nous sert d'assistante. Elle note tout sur sa tablette et a créé un doss qu'elle a intitulé avec beaucoup d'humour « Les trois mousses, que faire ? ». Elle nous fait le point sur l'ensemble des réunions. Je lui donne la parole.

— Alors, résumé des épisodes précédents : Pour le trajet c'est réglé. Da Silva, métro Pont de Sèvres, huit du mat' le 2 juillet. Arrivée Deauville deux heures et demie plus tard en comptant un arrêt pipi/boisson. Les quatre-vingt-un euros du covoiturage sont provisionnés, autant pour le péage – voir qui le paye, lui ou vous ?–. Également le budget emplacement de camping et bouffe sur place. Budget clopes en cours de constitution. Ensuite : Prospection des treize salons de coiffure. Trois plans de la ville ici présents – elle montre une enveloppe – avec les emplacements des instituts, rue par rue. Chacun en possédera un avec son propre secteur quadrillé. Reste à discuter de l'entrée en matière dans chaque salon. On peut en parler maintenant si vous voulez. Avant ça, je vous ai apporté ceci. Ma participation à l'aventure.

Elle sort une autre enveloppe de son sac. Elle l'ouvre et en répand le contenu sur la table. Une flopée de petits cartons blancs qui ressemblent à des cartes de visite, mais simplifiées au maximum. Avec juste mon nom, mon prénom et un numéro de portable. Je l'interroge. « — Explique, Mèl.

— Vous laisserez une de ces cartes dans chaque salon où vous aurez pu justifier pourquoi vous êtes là. Ainsi, après votre départ, il se peut que l'un des coiffeurs ou coiffeuses puisse poser la question autour de lui ou d'elle, famille, collègues, clients ou autres et ainsi te joindre dans la foulée.

— Top géant ! dit Denis, trop bien. Y en a là-dedans, ajoute-t-il en faisant tourner son index sur sa tempe.

La suggestion est adoptée à l'unanimité avec félicitations du jury à l'auteure.

— Merci les garçons, dit Mèl. J'ai fait ça avec une feuille de papier photo piquée à mon père et j'ai découpé en vingt, ça devrait suffire. Maintenant, pour l'argumentaire, reprend-elle. Vous rentrez chez un coiffeur, vous dites quoi ?

Les trois mousses que nous sommes restent muets.

— Il faut travailler là-dessus, conclut notre assistante. Vous ne pouvez pas vous présenter en ne sachant pas quoi dire. Il vous faut une formule toute faite et efficace.

En tant que président, je propose que nous réfléchissions à la question pour la prochaine séance. Je déclare celle-ci levée pour aujourd'hui.

***

Le mois de mai s'est éternisé. Quand à juin, j'ai l'impression qu'il compte au moins soixante jours, tellement il est long. Je n'en peux plus. Les dernières journées sont les plus dures. Je ne fais pratiquement plus mes devoirs, j'en ai ras le bol. De toute façon je ne serai jamais dessinateur industriel, alors. Un jour je ferai de la pub, j'en suis sûr. En attendant, j'ai hâte pour Deauville. Maman a fini par m'en parler.

— Olivier, on ne va pas jouer au chat et à la souris. J'ai parfaitement compris pourquoi tu veux aller en Normandie et plus précisément à Deauville. Si je n'ai jamais voulu te parler de ton père c'est que j'ai d'excellentes raisons. C'est pour te protéger. Si tu parviens à le retrouver, j'espère que tu ne le regretteras pas. Je t'aurai prévenu.

— Maman, tu ne fais qu'augmenter ma curiosité. Et, quoi qu'il en soit, je dois, je dis bien *je dois*, le retrouver.

C'est vital pour moi, je te l'ai déjà dit. Après, je jugerai de la suite à donner ou pas.

— Je ne peux pas t'en empêcher, tu es proche de ta majorité. J'espère juste que tu ne seras pas plus déçu que satisfait. Fais ce que tu crois bon de faire. J'aurai fait ce que je devais.

— Ça n'aurait pas été plus simple que tu m'expliques, plutôt que de rester dans le mystère, m'man ?

— Non, car justement ce n'est pas si simple que ça. Et il n'y a aucun mystère. Juste des faits. C'est la raison pour laquelle je n'ai toujours souhaité que deux choses pour toi : Soit que tu ne saches jamais rien, soit que tu découvres par toi-même. J'espère qu'un jour tu comprendras ma position, Oli.

*

Ce qui m'impressionne le plus, dans les plaidoiries de mon père, c'est surtout la tête des jurés. On dirait qu'ils sont hypnotisés par lui. Subjugués, en tout cas. Évidemment, ce n'est pas pour rien qu'il est considéré comme un ténor du barreau, au même titre que Dupont-Moretti. Papa aimerait bien que je suive ses traces dans la magistrature. Je ne sais pas si j'en serai capable. Quand j'entends ses plaidoyers, je me sens tout petit. Admiratif. Bon, je n'ai que quatorze ans, j'ai encore le temps d'y penser. Je ne sais pas pourquoi, mais je sens qu'il va me mettre la pression.

Je ferai ce qu'il voudra. Il a toujours été de bons conseils.

Il a confiance en moi. J'ai confiance en lui.

*

Ce qui n'était qu'un joli conte de fées que je m'étais fabriqué, devient au fil des jours un scénario de film d'horreur. J'imagine le pire, désormais. Suis-je le résultat d'un viol ? Impossible, le gars n'aurait pas attendu neuf mois pour disparaître. A-t-il violé quelqu'un d'autre pendant la grossesse de Maman ? Suis-je le fils d'un assassin ? D'un dépouilleur de vieilles dames ? D'un escroc de bas étage ? D'un pédophile ?

Mes nuits bleues deviennent grises. Noires, quelquefois. J'ai en moi un double sentiment. L'excitation de partir en vacances sans les parents pour la première fois. En plus, dans une station prestigieuse qui ne compte plus ses célébrités, de Gustave Flaubert à Yves Saint Laurent.

Le second sentiment est plutôt proche de l'angoisse. En effet, si par miracle je retrouve mon père, sur quel type d'homme vais-je tomber ? Le mystère savamment entretenu par mon entourage me laisse comme un arrière-goût amer. Même Papy René devait savoir, mais comme j'avais huit ans quand il est mort, je n'avais pas encore l'âge de mes tourments actuels. Par conséquent, je ne l'ai pas questionné.

Je finis par me demander si le jeu en vaut vraiment la chandelle. En même temps, si je veux me défaire de cette obsession, je n'ai plus guère le choix. Si mes nuits parisiennes deviennent douloureuses, mes matins au soleil normand devraient me réconforter. J'essaie de me motiver en prenant ça comme une sorte de jeu vidéo en ligne. Nous sommes à trois, même quatre en comptant Mélanie, à chercher à vaincre la bête. Ça devrait le faire.

Maman a cru bon de me préparer une masse de vêtements, dont une tonne de pulls. Elle a installé tout ça artistiquement sur mon lit en me demandant de vérifier qu'elle n'avait rien oublié. J'ai dû lui rappeler que je partais pour la Normandie. Pas au Pôle Nord.

4

La plaque d'immatriculation de la Mégane gris métallisé, correspond aux lettres et numéros que Jérôme a inscrits sur son Smartphone. De son rétro intérieur, le gars nous a vus venir vers la voiture. Il en sort et s'avance vers nous, la main tendue dans ma direction.

— Da Silva, se présente-t-il. Jean-Claude, pour les amis. Enchanté.

— Olivier Moreau. Enchanté également. Et voici mes comparses, Denis, ainsi que Jérôme qui vous a contacté.

Il serre la main de mes deux potes et nous ouvre le coffre.

— Allez-y, débarrassez-vous. Déposez vos sacs, vous serez plus à l'aise et installez-vous. Choisissez celui d'entre vous qui voyagera à l'avant. Il faudra compter un peu plus de deux heures avec une pause à mi-temps.

Mes amis me laissent la faveur de la place du mort, ce dont je leur sais gré. Jérôme, le comptable, sort d'une enveloppe le montant de la transaction, qu'il remet à notre chauffeur. Il demande comment ça se passe pour le péage. Da Silva dit qu'il l'aurait payé de toute façon et que, par conséquent, il le prend en charge.

Satisfaction du trio. Après avoir démarré, l'homme engage tout de suite la conversation. Il se renseigne sur nous. Étudiants en indus ? Pas mal ! Vocation ? Pas en ce qui me concerne, lui dis-je. Ah, la Pub ? Oui, c'est bien aussi. Lui ? Il est informaticien dans une grande banque française. Maintenance et création de logiciels. Il aime bien. Non, pas marié. Ça fait chelou un peu à trente et un ans, mais il ne veut pas s'engager. En tout cas, pas pour le moment. Oui, des aventures sans lendemains, par-ci, par-là. Ça lui va.

Je jette un œil derrière moi. Jérôme s'est encasqué *music sound* et bat le rythme avec son pied gauche. Denis lit un manga et, après quelques kilomètres, décrète qu'il faut s'arrêter car il ne va pas tarder à gerber. Il n'a jamais supporté d'être à l'arrière d'un véhicule, mais il a oublié de le dire. Jérôme, décasqué, se tourne vers lui et lance en riant : « — Ça, c'est à force de lire de droite à gauche, mon pote ! Ça devait arriver, avec tes Japonaiseries.

— Oh, lol, très drôle, répond Denis, le cœur au bord des lèvres.

À l'avant, le chauffeur et moi échangeons un sourire amusé. Da Silva lui demande de se contenir jusqu'à la prochaine aire de repos qui ne saurait tarder. La bretelle salvatrice arrive enfin. Tout le monde descend. Denis arbore un visage d'une jolie couleur vert courgette primeur. L'air lui fait du bien. Notre driver propose qu'on en profite pour aller vider les vessies. Proposition adoptée par l'ensemble de la congrégation. Nous nous dirigeons tous les quatre vers les toilettes. On fait passer Denis à l'avant au redémarrage. Une fois installé, il dirige le volet de la clim vers son visage et nous dit qu'on peut y aller.

Bien, l'aventure se poursuit.

*

Pas d'autre incident notable sur le reste du parcours. De l'arrière, j'ai un peu plus de mal à discuter avec Jean-Claude qui me regarde via son rétro pare-soleil. C'est moins sympa qu'au départ. Denis, préoccupé par la clim, ne parle pas. Jérôme est de nouveau enmusiqué. Notre hôte payant me dit qu'il adore Deauville. Sa maman y vit à l'année, remariée à un autochtone depuis une décennie. Ils ont une villa suffisamment grande pour lui octroyer une chambre en permanence.

Son père ? Non, pas mort. Remarié aussi, mais en banlieue parisienne. Oui, moins intéressant, c'est vrai.

Il nous recommande une boîte pour Deauville, le *Seven Club*. Genre pop dance et électro. Il y va au minimum une fois par semaine. On pourrait s'y retrouver, pourquoi pas, on a son portable. L'adresse ? C'est rue Fracasse ou Tracasse, il sait plus. De toute façon, c'est hyperconnu et donc facile à trouver.

On approche du but. À proximité de Deauville l'échangeur A132 menace de bouchonner. Finalement, plus de peur que de mal, la circulation se fluidifie. Comme convenu, Jean-Claude nous dépose au camping. Rendez-vous est pris pour le dimanche 28 à onze heures, délai maximum pour libérer l'emplacement, comme indiqué sur le règlement qu'on nous remet à la réception. Celui-ci précise également que nous ne pourrons occuper le nôtre qu'à partir de quatorze heures. Pas grave, ça nous permettra de visiter.

Par ailleurs, nous avons prévu, pour fêter notre arrivée, de déjeuner dans l'un des restos du camp. Nous avions réservé depuis Paris en envoyant un acompte par Paypal. On nous demande de régler le solde dès notre arrivée. Ce que fait Jéjé en tant que délégué aux finances. Nous souhaitions louer des vélos pour vadrouiller dans Deauville, avec les plans de nos rues, mais les tarifs affichés sont vraiment prohibitifs. La réceptionniste nous indique qu'un arrêt de bus se trouve pile en face l'entrée du camp et peut nous déposer en centre-ville.

Elle nous en remet les horaires. Nous adopterons cette solution. Le budget global est trop serré. Il faut aussi penser aux soirées festives. C'est Jérôme qui porte le plus gros paquetage. Il demande s'il peut le laisser à la réception. Une consigne payante est prévue à cet effet. Nous y déposons les trois sacs à dos après nous être acquittés de la dîme. Denis croit bon d'ajouter :

— Ça commence fort. Vaut mieux montrer son cul que ses thunes, ici…

Ça nous fait marrer, Jéjé et moi. On entoure ensemble les épaules du comique râleur en lui promettant un coup à boire au snack qu'on aperçoit de loin.

***

Après avoir étanché nos soifs, petite tournée d'inspection du camp et repérage de notre emplacement à l'aide du plan fourni – et gratuit – par la réception. Nous longeons d'abord la piscine dédiée aux enfants. Ils sont une ribambelle à sauter, hurler, s'arroser mutuellement et se taper dessus à coups de frites en mousse multicolores. Un peu plus loin, celle des adultes, plus calme mais non moins remplie. L'heure et la météo s'y prêtent.

Nous regrettons que nos maillots soient à la consigne avec le reste de notre barda. On se serait bien piqué une petite tête. Ce sera pour plus tard. Notre emplacement vient de se libérer de ses précédents occupants. Ils nous affirment qu'il est idéalement placé à tous points de vue. Assez central pour toutes les activités et les commerces. Une supérette, qu'on peut apercevoir d'ici. Le snack et le restaurant. Les piscines et les sanitaires pas trop loin. Oui, ils sont contents de leur séjour et reviendront sûrement l'année prochaine. Des vacances en juin, c'est frustrant, nous dit le mari de ce couple, car son boulot ne lui permet pas de les prendre comme le commun des mortels.

On sent qu'il a envie qu'on lui demande ce qu'il fait. Aucun de nous trois ne lui pose la question. Il insiste cependant sur le fait que lui et son épouse ne peuvent partir en vacances que durant cette période.

Si ça continue, le gars va nous raconter sa vie. Il commence à nous saouler grave. Mon portable qui vient de sonner nous sauve la mise. C'est Maman qui veut savoir si je suis bien arrivé et si tout va bien. Tout en la rassurant, je fais un signe de main, genre tchao, à nos touristes. J'exécute un demi-tour tout en répondant à ma mère. Mes deux acolytes en profitent pour m'emboîter le pas.

Dans la foulée, je reçois un texto de Mèl.

Elle me dit : dsl g pa pu apler avnt T bien arrivé? cmt est le camping ?

À quoi je réponds : tkt tt va bien camping nickel biz biz

Elle ajoute : g tro le seum j'aurais kiffé d'être avec twa biz biz

Je crois qu'elle est amoureuse de moi. C'est ce que disent mes deux potes, en tout cas. C'est vrai que j'aurai bien aimé qu'elle soit là. Surtout, qu'en plus, elle a prouvé son efficacité dans notre affaire. Bof, c'est comme ça, pas de nostalgie à deux balles, on a du taf sérieux sur la planche à voile...

Il n'est pas loin de midi trente quand on a terminé de faire le tour du proprio. Comme prévu, direction le resto. Il affiche ses menus sur une ardoise en pied, à l'extérieur, devant la terrasse couverte. Notre attention est attirée par la mention Pizza, écrite en gros et au pluriel. Les prix sont corrects. Une fois installés, on en commande chacun une différente pour pouvoir partager.

Le service est assez rapide, la terrasse n'est pas encore remplie. Les pizzas sont très copieuses et sublimes. Surtout arrosées au cola. On décide que ce sera certainement notre menu préféré si on revient dans l'établissement. Ces agapes se terminent par trois glaces genre Sunday. Trois cafés, et l'affaire est dans le sac. Maintenant, il faut récupérer nos fringues et monter le Tipi. Nous sommes fatigués d'avance. Jérôme nous promet un plongeon dans la piscine, juste après. Ça nous motive.

*

Je n'aime pas quand Papa s'absente trop longtemps. J'ai toujours peur qu'il ne revienne pas. C'est idiot, je sais. C'est pour son travail, mais je ne m'y fais pas. Surtout que parfois ça dure plusieurs semaines. Et ça ne tombe pas toujours bien. Soit il n'est pas là pour Noël et ça, je déteste. Soit pour mon anniversaire. J'aime pas non plus. Bien sûr, je ne manque pas de cadeaux dans les deux cas. Pourtant, c'est lui qui me manque.

J'espère qu'un jour je pourrai travailler avec lui. On pourrait voyager ensemble. Ça serait super. Enfin, on verra bien.

Tu me manques, Papa.

Tu me manques...

*

En vieil habitué, Jéjé nous donne ses ordres. Denis et moi, on ne sait pas trop où mettre les mains et on se fait engueuler. Le super gag, c'est quand il nous demande de lui passer les sardines. Denis dit : « — Pourquoi, on va déjà manger ? Fou rire du Maître, plié en deux. Denis et moi, éberlués.

— Mais non, patate. C'est les trucs dans le sachet en toile de jute à tes pieds. Ce sont des tiges métalliques qui servent à fixer la tente dans la terre, banane !

— Patate ou banane ? Faudrait savoir, dit le malheureux esclave, hilare.

Une bonne partie de rigolade à trois qui nous revigore. Sous les ordres du cerbère, notre habitation estivale est finalement érigée et à l'air de vouloir tenir debout. Les sacs de fringues sont casés tout au fond, juste derrière nos matelas. Comme promis par notre bourreau, après avoir enfilé nos maillots, nous nous dirigeons vers le grand bain. Un peu moins de monde. Ce qui nous satisfait pleinement. On y reste pratiquement deux heures. À la sortie, séance séchage pendant laquelle nous établissons notre plan de bataille pour le lendemain. J'indique à mes complices que je ne veux pas perdre de temps, vu l'ampleur de la tâche. Ils sont d'autant plus d'accord avec moi, que l'un et l'autre sont excités par la mission. Avant de regagner notre hutte, on passe à la supérette pour acheter de quoi faire des sandwichs. Pas question de resto le soir. Pour changer un peu de la boisson yankee, on ajoute des canettes de bière au pain et au jambon. Un sac de glaçons pour les entreposer dans la glacière souple, fournie par ma pomme. C'est Gab qui me l'a prêtée.

En prévision du projet, chacun d'entre nous a économisé sur son argent de poche et quémandé un peu aux parents. Mamie m'a donné cent euros, Gab aussi. Maman cinquante, mais Martin a rajouté le complément.

On a presque un mois à tenir, faut qu'on fasse gaffe aux thunes. D'autant qu'on espère bien se payer quelques soirées drague en boîte ou ailleurs.

*

La tente de Jérôme n'est pas aussi spacieuse qu'il le prétend. Les trois matelas installés, nous sommes assez proches les uns des autres. Notre première nuit est plutôt bizarre. Denis parle en dormant. Jéjé ronfle comme un réacteur de Boeing. Et moi je tourne et retourne sur mon couchage. Je n'arrive pas à dormir. Déjà, à cause des duettistes, Causeur et Ronfleur. Et puis j'ai chaud. Je m'extirpe le plus doucement possible pour ne réveiller personne. On a laissé un pliant en tissus dehors. Je m'y installe. L'air frais me fait du bien. Je commence à cogiter.

C'est donc demain que tout démarre. On s'est réparti les plans. Chaque salon est indiqué par une croix à son emplacement dans la rue. Un post-it indique les enseignes et leurs différents numéros de téléphone. Il est prévu que nous prenions le bus de 9 heures. Ça nous fait arriver à la demie en centre-ville. Juste le temps de boire un caoua ensemble et on démarre sur les chapeaux de roues. Un rendez-vous est prévu en fin de matinée, avant midi, au bistrot de départ pour faire le point sur les résultats de la première prospection. J'avoue que je suis angoissé. Avant de partir j'ai fini par extorquer à Maman, l'âge de mon géniteur.

— Il avait deux ans de plus que moi. Je suppose que l'écart est resté le même.

J'ai moyennement apprécié l'humour grinçant de ma mère, mais j'ai pris l'information comme étant un élément de la plus haute importance. Elle a quarante ans. Le calcul est facile pour l'homme le plus recherché de Deauville.

Par moi, en tout cas.

C'est lui qui m'angoisse, en fait. Il a toujours fait partie de mes nuits, mais à présent, il fait partie de mes insomnies. J'imagine que je suis devant lui. Que me dira-t-il ? Moi-même, que vais-je lui dire. Comment va se passer le premier contact ? Si toutefois il a lieu. Oui, il y a ça, aussi. J'ai peur de l'échec. De ne pas aboutir. Je pourrais toujours considérer que je passe des super vacances avec mes potes dans un lieu idyllique. Mais, au fond de moi je sais très bien que je ne suis pas là pour ça. Et j'ai la trouille.

Je commence à avoir frisquet. Je réintègre la toile. Mes amis poursuivent leur concert. L'un ponctue de ronflements sonores les paroles de l'autre. Je m'enfile dans mon sac de couchage, la tête y compris de façon à minimiser la sono ambiante. Je finis par m'endormir.

Au matin, mes deux lascars sont frais comme des gardons. Quant à moi, je suis cassé et pas réveillé du tout. Jérôme me bouscule.

— Allez, Oli, debout, on a du taf, paraît-il. Tiens, dit-il en me tendant un gobelet, du Nescafé garanti de la supérette du coin. Additionné d'eau bouillante chauffée sur « notre » camping gaz. Tout beau, tout chaud. Avec ou sans sucre ?

Je prends le gobelet et m'en renverse une partie sur le ventre. J'avale le reste sous les rires sardoniques de mes compagnons. Ensuite, direction les sanitaires, serviette sur l'épaule et gel douche en mains.

***

5

Nous attrapons au vol, le bus 21 qui doit nous amener en centre-ville. À cette heure relativement matinale, les voyageurs sont rares et clairsemés. Nous nous installons de part et d'autre de l'allée centrale. La douche ne m'a pas réveillé complètement, pas plus que le Nescafé brûlant et j'ai vraiment du mal à tenir mes paupières ouvertes. Jéjé écoute certainement un morceau d'enfer, comme dirait Sandra, car il mime le batteur qui sévit à l'intérieur de son casque. Denis, tout comme moi, somnole. Environ trente minutes plus tard, le car nous dépose à la Gare Routière. C'est l'endroit idéal, car proche du centre-ville et surtout de nos futurs prospects. En faisant le point, hier soir, on s'est aperçu que dix coiffeurs sur treize sont répartis dans les rues autour de la Place de Morny. Les trois les plus excentrés sont confiés à Jérôme car c'est lui qui a les jambes les plus longues et qui donc, doit marcher plus vite. En tout cas, c'est ce qu'a décidé le comité central, lors de la réunion de la veille.

— Alors, Jéjé, tu en as un Boulevard Eugène Cornuché. Un autre, avenue du Général Leclerc. Encore que c'est pas sûr, on n'a pas pu déterminer à quelle hauteur il se situe. Enfin, tu verras bien. Et le troisième, avenue de la République. Là, y en a trois dans la même rue mais un plus loin que les deux autres. Il est pour toi.

— Merci les mecs ! Vous m'avez pris pour une antilope, ou quoi ? Faudra que l'assoce pense à me rembourser mes pompes. Ou au moins, les semelles.

— Râle pas, Jéjé. On t'a confié cette prospection parce que t'es le meilleur.

— C'est ça, fous-toi d'ma gueule, en plus ! Bon, allez, au caoua. Après, on démarre.

C'est Avenue de la République, au *Bar de l'hippodrome,* que nous commandons les espressos. Et c'est là que nous fixons le rendez-vous, avant midi pour le rapport des belligérants. Petit rappel personnel des consignes de notre coach Mélanie, à propos du discours d'entrée.

— On est bien d'accord que la formule est : « *Bonjour, désolé de vous déranger, je suis à la recherche d'un coiffeur prénommé Philippe, venu de Paris travailler à Deauville. Pouvez-vous m'indiquer si vous connaissez quelqu'un dans votre profession, qui réponde à ce profil, sachant qu'il a environ la quarantaine.* » En cas de réponse négative, laisser la carte de visite avec mes coordonnées. Et proposer de repasser ultérieurement.

— Je n'vais jamais me souvenir de tout ça, dit Denis. Je crois que j'improviserai en fonction de l'interlocuteur. Et toi, Jéjé ?

— Je verrai. Bien sûr, je retiens les bases, mais je pense que j'improviserai aussi.

— Les mecs, faites comme vous voulez, ou comme vous pouvez, mais faites-le sérieusement. Vous savez à quel point c'est important pour moi.

— Mais oui, Oli, te casse pas. On est potes ou pas ?

Je les checke tous les deux. Je règle les cafés.

Nous sortons, plans en mains.

*

Je coupe par la rue Mirabeau pour rejoindre celle de Désiré Le Hoc. Trois instituts doivent recevoir ma visite inopinée. Je commence par le salon du numéro 20. Un immeuble étroit, blanc, entre une droguerie et un bar restaurant, séparés par une impasse. Face à la devanture, je sens le trac m'envahir. Je n'ai jamais fait de porte à porte de ma vie et j'hésite à rentrer. Je me remotive intérieurement. *Faudrait savoir ce que tu veux, mon grand. Tu veux retrouver ton père, ou tu t'en fous ? Allez, vas-y.*

Je note au passage que les prix inscrits sur la vitrine sont moins chers qu'à Paris. J'aurai cru le contraire. Vingt et un euros la coupe pour homme et -20% si on a moins de vingt ans. Dommage que je n'ai pas de coupe à faire. Je pousse la porte. Un homme, emblousé à l'enseigne, vient vers moi et me demande si je veux prendre rendez-vous. Je lui dis que je le ferai certainement un autre jour, mais pas aujourd'hui. Je débite mon laïus n'importe comment et je m'embrouille.

Très gentiment il me fait répéter ma demande. Il me regarde avec suspicion. Un peu comme si j'étais un vendeur de je ne sais quoi ou un Témoin de Je ne sais qui. Je suis mal à l'aise. Je répète, en essayant d'être le plus clair possible. Visiblement, je l'agace un peu. Il tourne plusieurs fois la tête vers son client, déjà installé sur la chaise de torture capillaire. Non, il ne voit pas. Ça ne lui dit rien. Je devrais voir ailleurs, chez certains de ses collègues, peut-être. Une manière élégante de me faire comprendre que je lui pompe l'air. Je m'excuse pour le dérangement et propose de repasser si éventuellement il avait des renseignements. Il me dit que c'est une excellente idée, content de se débarrasser de moi et s'en retourne vers son gagne-pain.

Je sors en m'excusant une fois de plus – c'est trop, peut-être – et poursuis ma marche vers mes deux autres victimes potentielles.

Je respire un grand coup, tellement je suis stressé.

C'est seulement une centaine de mètres plus loin que je m'aperçois avec stupeur, que j'ai oublié de laisser ma carte Melanesque, avec mes coordonnées.

Triple buse ! Andouille à roulettes ! Mais que tu peux être con, pauvre tache ! Pour me punir de ma stupidité, je m'oblige à faire demi-tour. Vu la tiédeur de l'accueil du monsieur, j'hésite à pousser la porte de nouveau. Comme elle est vitrée et qu'il m'a vu, j'estime que je n'ai plus le choix.

— Je... je vous laisse ma carte, au cas où...

— Oui, c'est ça, posez-la, là.

Je n'ai pas compris où était "là" et comme en plus il m'a tourné le dos, je la pose sur un petit meuble blanc et rond, face à un fauteuil transparent et inoccupé. Je ressors. Oui, en m'excusant encore.

Reprenant mon chemin, j'ai une pensée émue pour tous ceux et celles dont c'est le métier de faire du porte à porte. Quel courage il faut. Quelle abnégation. Et sans doute, quel talent. Pour me remettre de mes émotions, je décide de m'asseoir sur un muret providentiel. J'essaie de faire le point. Si dans chaque institut ça se passe de la même façon, je ne suis pas près d'obtenir des renseignements. Je me demande où en sont mes deux amis. Et surtout, dans quel état. Je prends le temps de m'allumer une clope. Celle-ci une fois consumée, je repars à l'attaque.

Je traverse la Place de Morny pour atteindre mes deux objectifs qui se trouvent de l'autre côté, suite de la rue Le Hoc, à une dizaine de numéros l'un de l'autre. Deux franchises d'enseignes nationales. Ce qui ne me rassure qu'à moitié, vu qu'ils doivent déjà être pleins comme un œuf.

Après mon troisième argumentaire, complètement vidé d'émotion, je me dirige vers notre lieu de rendez-vous. Je suis trempé de sueur. Je dois puer à cent mètres à la ronde. J'ai hâte d'arriver. Je reprends l'avenue de la République jusqu'au *Bar de l'Hippodrome*. De loin, j'aperçois Jérôme. Mais seul. Denis n'est sans doute pas encore arrivé. Le grand Jéjé est tout sourire quand je m'avance vers lui.

— Alors, qu'est-ce que ça a donné ? lui dis-je. Et Denis, il est pas là, encore ?

— Non, pas encore. Écoute, accueil pas toujours facile. Ces gens-là travaillent et on vient leur casser les pieds. Mais, bon, dans l'ensemble tout le monde m'a écouté attentivement. Y en a qui veulent savoir ce qu'on lui veut, à ce Philippe. J'ai juste dit que c'est pour un ami qui recherche son père.

— Tu as bien fait. On m'a aussi posé la question, j'ai fait la même réponse, sans dire que c'était pour moi. T'as pensé à laisser les cartes ?

— Oui. Le premier, j'ai dû retourner, j'avais oublié.

Bon, ça me rassure, je n'suis pas le seul débile, alors.

Denis fait son entrée.

— Ah, les mecs, vous êtes déjà là ? Franchement, c'est la galère ce truc. Les gus, y t'écoutent pas. Ils te répondent n'importe quoi pour se débarrasser. Faut attendre. J'ai quand même laissé les cartes, on sait jamais.

— Bravo Denis, t'as bien fait. Oui, c'est galère, t'as raison. Allez, je paye un coup. Bière pour tout le monde ?

***

Pourquoi ce mystère permanent ? Cette omerta ? Même mes grands-parents savaient quelque chose, j'en suis persuadé. Pas Gab, elle me l'aurait dit. Quel genre de chose doit-on absolument cacher à un enfant ? Encore que je me considère comme étant un adulte, désormais. Est-ce la honte ? Et de quoi peut-on avoir honte ? Que l'homme soit en prison ? Il est loin d'être le seul. On devrait aussi pouvoir y trouver des ministres, je pense. On va en prison pourquoi ? Meurtre, hold-up, séquestration, escroquerie, coups et blessures et… ah, mais, j'y pense : violences conjugales, peut-être ? C'est ça ! Il aurait frappé Maman. Voilà pourquoi elle ne veut pas parler… non, ça tient pas la route. Dans un tel cas de figure, la honte est sur le frappeur, pas sur sa progéniture. Et puis, si c'est le cas, le mec il va entendre parler de mézigue. Personne ne frappe ma mère. Personne.

Ou alors… rapt d'enfant ? Prise d'otages ?

Hold-up dans une banque ? Ben non, ça, c'est dans les films. Les banques aujourd'hui, y a plus de fric frais. Que des logiciels distributeurs. Et puis, quand bien même. Elle est où la honte dans ces cas-là ? Au même endroit, dans la caboche du lascar, pas dans celle de son rejeton.

Non, décidément, je ne vois pas.

En dehors même du fait de savoir qui est mon géniteur, j'ai besoin en même temps de résoudre cette énigme digne du Père Fouras. J'essaie d'imaginer la scène. On se retrouve face à face et je lui dis : J'ai honte car tu…Tu quoi ? Tu as tué, tu as volé, tu as tapé, tu as escroqué, tu as menti, tu as usurpé, tu… tu… je ne sais plus. Et c'est moi qui devrais avoir honte ? Ah, parce que c'est mon père ? Mais je m'en fous ! C'est pour lui, la honte, pas pour moi. C'est quoi cette carabistouille ? Je ne m'en sors pas. J'ai hâte de le retrouver rien que pour ça, à présent.

Maman agit avec moi, comme s'il ne fallait pas que je sache. Jamais. C'est ce qu'elle m'a fait comprendre, en tout cas. Ma rage de savoir n'en est que plus forte. Ça, c'est le schéma classique. T'interdis un truc à ton môme, à la première occasion il va le faire. C'est humain. Ce qui n'est pas humain, c'est la torture mentale que ça génère. À la limite, on aurait mieux fait de me dire qu'il était mort et de lui inventer un passé glorieux. J'aurai fini par m'y faire, comme d'autres. Mais, savoir qu'il est vivant et que je ne suis pas censé m'approcher de lui, de près ou de loin, ça, c'est du costaud. Presque du Hitchcock. Enfin, pas loin. Sauf qu'il manque l'acteur principal.

*

Force est de constater que notre première matinée d'investigations n'a pas été fantastique. Pas nulle non plus, puisque j'ai pu exposer ma quête dans trois commerces sur trois. Donc, cent pour cent. Tous d'accord pour que je repasse, éventuellement. Denis, quant à lui a pu laisser des cartes dans deux sur trois, le dernier étant blindé, il n'a pas osé rentrer. Il y retournera.

Pourquoi il est arrivé après nous ? Ben, c'est parce qu'il a dû attendre qu'on lui adresse la parole, dit-il. Les employés étant déjà très occupés. Jérôme se la pète d'avoir eu du positif, dans la mesure où sur les trois, une gentille petite coiffeuse lui aurait dit : « —Je crois qu'il y a eu un Philippe qui a travaillé chez Jean-Louis David, mais il y a plusieurs années et elle ne sait plus s'il est toujours là. Oui, il était parisien. Jean-Louis David, c'est mon secteur, ça. J'y suis allé, on ne m'en a pas parlé. Je vais y retourner.

Nous décidons de rentrer au camping. On verra ultérieurement pour la visite de la ville et de ses fameuses planches. Cette matinée de prospection nous a vidés. On décide unanimement de faire ça un jour sur deux, vu que treize commerces divisés par vingt-cinq jours pleins, ça fait 0,52 par matinée. La moitié d'un par jour et à trois, en plus. C'est Jéjé, le matheux qui a trouvé ça. Tout le monde approuve.

J'y mets un bémol. Il faut pas se relâcher et picorer le maximum de renseignements dans un minimum de temps. Mes acolytes sont d'accord. Denis ajoute : « — Pourquoi tu lances pas un appel sur les réseaux sociaux ? Un post sur Facebook, ou sur Twittos, ça peut donner.

— Je voudrais éviter de faire trop de vagues, par rapport à ma mother qui l'aura forcément mauvaise de voir son nom et sa vie privée balancée en public. Mais je reconnais que l'idée m'avait effleurée. Pour l'instant, restons-en aux coiffeurs sur place, on décidera quoi faire plus tard.

Arrivé au camping, Jéjé donne ses ordres.

— Oli, mets une grande casserole d'eau à bouillir, je vais au super acheter des spaghettis et un bocal de bolo. C'est moi qui fais la bouffe à midi. Denis, toi tu vas récupérer la table pliante que les voisins nous ont proposée hier et tu les remercies. Y a des assiettes en carton dans mon sac et vous prenez vos couverts en plastoc perso. Je prends un sauciflard en entrée, ça vous va ?

Jérôme, sous prétexte qu'il a six mois de plus que nous, il se croit investi d'une mission de grand frère. Il nous parle comme si on était des mômes. On le laisse faire. Ça nous fait marrer, Denis et moi. Après la Spaghetti party, au moment de la pause caoua clopes, mes amis décident d'aller au bowling, à l'extrémité sud du camp. Je décline la proposition de les accompagner. J'ai envie de faire la sieste. Je veux récupérer de ma trop courte nuit et puis surtout, j'ai besoin de réfléchir. Seul.

*

Jour 2, dirait Louane. On a pu faire la grasse matinée et après la douche, direction la piscine de nouveau. Midi trente, rebelote pour les pizzas. La serveuse qui nous a reconnus, nous fait un grand sourire. Elle demande si on est contents de notre séjour. On lui dit que pour l'instant, ça *passe crème*. Elle nous indique que vendredi et samedi soir, il y a un groupe de zicos et qu'on danse dans la salle juste derrière le bar. Entrée dix euros et une boisson comprise. Parait qu'il y a toujours beaucoup de monde. Surtout des filles. Sous entendu, plan drague possible. On prend note. Vendredi, c'est demain. On sera rentrés d'une nouvelle matinée de prospection et sûrement ravis de se détendre le soir. On viendra, c'est probable.

On a décidé collectivement de passer l'après-midi à Deauville, sur la plage. Marcher sur les fameuses planches, juste pour voir les cabines avec le nom des acteurs de cinéma. Le festival du film américain n'a lieu qu'en septembre. Nous serons déjà tous les trois sur les planches aussi, mais à dessin. Et à Paris.

La plage de sable est superbe. Je veux savoir pourquoi elle s'appelle « Plage des six fusillés ». Mes potes ne savent pas non plus. On va se renseigner. En attendant, juste les tee-shirts et les tongs à faire tomber, on a déjà les maillots sur nous. On cavale comme des malades en direction de la mer. On n'est pas tout seuls. Une véritable régalade. C'est autre chose que la piscaille, dit Denis. On s'amuse comme des gamins, que nous sommes encore, finalement. Quelques gloussements de rires aigus nous interpellent. Quatre nanas à trois mètres. Apparemment, c'est après nous qu'elles en ont. On s'approche. Elles s'effarouchent et remontent sur le sable en riant. Les quatre rejoignent papa et maman, avachis sur des transats. Certainement pour ça qu'elles ne sont pas restées. Nous remontons également. Nos serviettes sont étalées, il n'y a plus qu'à s'allonger dessus.

En observant nos voisins aux quatre oiselles, je constate que le monsieur doit avoir la soixantaine. Le grand-père, sans doute. Il me vient une idée. Je m'approche de lui. Les tourterelles roucoulent de plus belle en me voyant arriver. Il lit le journal. Mes deux copains me regardent et se demandent ce que je fais. Je tousse discrètement. Il lève la tête. Me jauge, interrogatif.

— Excusez-moi, Monsieur, dis-je. C'est la première fois que je viens à Deauville et j'ignore pourquoi cette plage s'appelle Les six fusillés. Sauriez-vous me renseigner ?

Les quatre jouvencelles pouffent dans leurs mains et chuchotent entre elles, en me regardant. Le type baisse ses lunettes de soleil sur le bout de son nez et me scrute par-dessus. Il s'assoit, se tourne complètement vers moi.

— Vous avez quel âge, jeune homme ?

— Euh... dix-sept ans. Enfin... dans quelques jours.

— Qu'est-ce qu'on vous apprend au lycée, à part de surfer sur le web ? Encore que vous auriez pu y trouver la réponse. Cette plage s'appelle ainsi pour rendre hommage aux six résistants locaux du Groupe Level, fusillés à Deauville en Juillet 1944.

— C'est que, je ne suis pas en lycée classique. Plutôt professionnel, en dessin industriel. Et j'avoue humblement que j'ignorais ce fait historique. Je vous remercie.

Il remet en place ses lunettes, se retourne en position initiale et reprend la lecture de son journal, en marmonnant *de rien, de rien*, assorti d'un *pfft* sonore de désespoir. La femme à côté de lui n'a pas bougé un cil. Elle doit dormir. Les quatre adolescentes ont eu largement le temps de m'admirer. Je leur fais un clin d'œil et rejoins mes amis, qui se marrent.

— T'es ouf, Oli. Pourquoi t'as fait ça ?

— Ben, si on revient, au moins on a fait connaissance avec le grand-père. Ça sera plus facile pour approcher les minettes, tu comprends.

— N'empêche, le mec y t'as séché! dit Jéjé.

— Ouais, pas grave. Faut savoir souffrir dans la vie...

*

Vendredi matin, reprise des combats. Nous sommes sur le terrain à la même heure que précédemment et par le même bus, peu rempli dans ce créneau horaire.

Notre PC reste le même, car environnement sympa. *Bar de l'Hippodrome.* Il nous reste cinq coiffeurs non visités, plus celui de Denis, non contacté et plus les revisites pour certains. Ça devrait nous occuper la matinée. Par curiosité, je commence par Jean-Louis David, déjà visité, à cause de ce qu'ont dit Jéjé et sa shampouineuse-renseigneuse.

Ce n'est pas la même personne que l'autre jour qui vient vers moi. Une femme d'une bonne quarantaine. Je pense que c'est la patronne qui me dit que, effectivement, il y a bien eu un Philippe à l'essai chez eux, mais qu'il n'est pas resté et s'est fait embaucher dans un salon à Trouville. Oui, la quarantaine, peut-être moins. Non, elle ne sait pas quel salon. Il y a quelques années. Elle ne sait plus combien. Parisien, en effet.

La formule "Merci Madame de votre gentillesse et bonne journée" débitée, je me retrouve dehors avec de nouveau cette rage contre moi. Trouville ! Comment n'y ai-je pas songé ? Et pourquoi le mec que j'ai interrogé l'autre jour, ne m'a rien dit ? Et mes potes, poètes au clair de lune. Tu peux compter sur personne, en fait. En tout cas, pas sur moi. La preuve.

Évidemment, Trouville. C'est si proche. En plus, si ça se trouve, Gab a dit Deauville comme ça. Ce qu'elle croit avoir entendu de Maman. C'est vrai qu'elle a dit qu'elle n'était pas sûre. Et si c'était Trouville ? En principe, on a toutes les chances de trouver un Philippe. Par conscience semi-professionnelle, je contacte quand même les deux qu'il me reste à voir. Aucun d'entre eux ne me renseigne mieux que les précédents. Je dépose systématiquement les cartes de visite. Ne rien laisser au hasard. Un peu plus motivé qu'auparavant, je rejoins notre PC. Mes deux potes sont déjà là. La mine pas vraiment réjouie. Denis dit que c'est tout juste s'il ne s'est pas fait jeter au second contact. Genre, *on t'a déjà dit qu'on savait pas, arrête de nous gonfler.* J'essaie de lui remonter le moral. Il a intérêt à l'avoir, vu ce que je vais annoncer.

Trouville. Oui, faut faire aussi. C'est tellement proche que ma tante a pu se planter et qu'en plus, on est à peu près sûrs de trouver un Philippe parisien. Il dit qu'il va démissionner, que c'est trop dur nerveusement. Je lui signale qu'il n'aura pas d'indemnités de départ. Il me répond que dans ce cas, il préfère continuer. Bon, on s'est bien marrés tous les trois. Pour se faire pardonner d'avoir baissé les bras, Denis paye sa tournée. Pas question de contacter l'Office de Tourisme. On prend les pages jaunes sur internet et on trouve une huitaine de salons à première vue. Plus un, non signalé sur la liste de Deauville. C'est rue Fracasse. Ça me rappelle quelque chose. Ah, oui, c'est la rue de la boîte recommandée par Da Silva. Comme ça, on pourra voir la tronche de l'établissement, en passant.

Après une bonne descente de bibine, mes lieutenants sont remotivés. D'autant que ce soir, on a décidé d'aller voir ce qui se passe derrière le bar de la Pizzeria du camping.

*

Il est vingt-deux heures lorsque nous arrivons. Nous avons englouti le menu spécial Jéjé depuis un moment. Taboulé en barquette, tranches de rôti de porc froid mayo et calendos en portion sous alu. Un régal. Déjà pas mal de monde. Apparemment, c'est familial, il y a tous les âges. Après paiement de l'entrée, on nous remet un ticket pour la boisson comprise. Ce sera du coca pour nous trois. Ne serait-ce que pour digérer un peu mieux nos agapes du soir. Les zicos sont en place et se chauffent. Je zyeute circulairement la salle et subitement, file un coup de coude dans l'estomac de Jérôme. Il se tient le ventre. Je lui dis :

— Est-ce que tu vois ce que je vois ? Où ça me dit-il. Là, à gauche, à la table ronde. Et alors, quoi ? Mais si ! Les quatre libellules de la plage des Fusillés. Ça, alors. Pour une surprise… Je détaille l'entourage. Pas de grands-parents à l'horizon.

— On fait une tentative ? dit Denis.

—Tentons. On verra bien. Apparemment, papy et mamie ne sont pas dans le secteur.

Elles nous ont repérés aussi et reprennent leurs gloussements devenus familiers pour nous. On s'approche. Celle qui semble la plus âgée me regarde en souriant et me dit : « — Alors, on s'est instruit ? On sait pourquoi la plage s'appelle comme ça ? Merci Papa.

Les trois autres s'esclaffent.

— Ah, c'était votre papa ? Je pensais que… non, rien.

— Oui, arrêtez de penser.

— Vous avez raison. Voici mes amis, Jérôme et Denis. Les zicos ont l'air de s'énerver, vous venez danser ?

Elles se lèvent toutes les quatre. On se regarde avec mes potes. Y a un blème. On n'est que trois…Pas de soucis.

On se retrouve tous les sept sur la piste. On est loin d'être les seuls. L'ambiance commence à monter. On s'agite en rythme. Le taboulé proteste. Le rôti de porc aussi.

Finalement, elles sont plutôt sympas. Deux sœurs, une cousine et une copine de la cousine. On ignorait que nous étions voisins de vacances. Encore qu'elles sont dans un mobile-home grand format et de luxe. Oui, avec les parents, pourquoi ? Non, pour rien. Comme on a droit à des slows, on arrive à flirter doucement, mais sûrement. Sauf une, qui fait la tronche, seule assise à leur table. J'irai l'inviter au prochain morceau. À moins qu'un de mes acolytes se dévoue.

On verra bien.

Ce qu'on n'a pas vu, en revanche, c'est le temps passer. On se retrouve à deux du mat' sans avoir rien compris. Entre-temps, deux des quatre filles ont déclaré forfait et sont rentrées at home. Du coup, les garçons, on se retrouve un de trop. La vie est mal faite. On décide de se revoir demain soir même heure, même endroit, même punition. On les raccompagne vers leur roulotte de luxe, en essayant de ne pas faire trop de bruit. Pas réveiller les parents. Je préfère aussi, vu le côté sympathique du papa. Bises. Oui, à demain. On ira sûrement en centre-ville, on a l'intention de visiter en touristes. Après, la plage des Fusillés, certainement. D'accord, bonne nuit aussi.

***

Samedi 6 juillet.

Au cas improbable où j'aurai oublié cette date, mes deux amis se chargent de me rafraîchir la mémoire. Ils m'ont laissé faire la grasse mat'. Quand je finis par émerger du Tipi, je les trouve tous les deux, assis de chaque côté de la table pliante des voisins. Le thermos de café copine avec une corbeille de trois croissants et un paquet-cadeau, plat et enturbanné. Un carton plié en deux dessus indique : Bon anniv' Oli ! Encore englué dans mon dernier rêve, je mets du temps à percuter. Ils se lèvent tous les deux, m'ouvrent les bras et me claquent la bise.

— Bon anniversaire, mon pote ! dit Jéjé, imité par Denis à quelques secondes près. Tiens, c'est pour toi, me dit-il en me tendant le plateau emballé.

Je m'en saisis et commence à déchirer le papier.

— Merci les mecs, c'est sympa d'y avoir pensé. Qu'est-ce que vous m'avez concocté comme cadeau ?

Le papier éliminé, je découvre sous un fin étui, l'objet de mes désirs depuis quelques mois. Une tablette graphique *Huion pro*, à connecter à mon ordi. Je leur ai tellement pompé l'air avec ce truc depuis des semaines. Ils n'ont oublié, ni l'un, ni l'autre.

— Waouh ! Le pied. Vous êtes trop, les gars ! C'est super, merci, merci, je vais m'éclater avec ça.

— Ouais, mais tu devras attendre notre retour à Paris. T'as pas ton PC ici.

— Pas grave, j'attendrai. En tout cas, c'est super de votre part. Encore merci, les garçons.

Ils sont tout contents de leur effet. Je les aime, ces deux-là. On aurait pu être frangins.

— Tiens, dit Denis, assieds-toi, y a du café tout chaud et des croissants spécial anniv'.

Je me laisse servir une grande tasse et commence à y tremper la pointe de la viennoiserie. Dès que je le porte en bouche, mon téléphone en profite pour interrompre mon festin. C'est Maman qui me souhaite mon anniversaire. Merci, m'man. Sinon, oui tout va bien. Et toi ? Et Martin ? Parfait, bisou, à bientôt. La moitié de la viennoiserie engloutie, c'est au tour de Mélanie. Elle me dit qu'elle a un p'tit cadeau pour moi, que je saurai pas ce que c'est, j'avais qu'à être là et que je l'aurai quand je rentrerai. Elle veut savoir aussi où nous en sommes de l'enquête. Je lui fais un rapport express mais circonstancié. On se bisoute à plusieurs reprises avant de se promettre de se rappeler bientôt. La suite de la matinée est ponctuée d'autres appels. Gab n'y a pas manqué. Mamie Simone, mais aussi Sandra qui dit qu'elle s'ennuie sans moi à Ault et qu'il est temps que j'arrive. Martin aussi m'a appelé. Plus quelques copains et copines du bahut. Seules, Mélanie et Gab se sont intéressées à l'enquête. Tant mieux. Je n'ai pas envie de raconter ma vie à tout le monde.

*

Mon grand,

J'ai préféré t'envoyer ce petit mot plutôt qu'un texto. Je suis désolé de n'avoir pas pu être là pour ton anniversaire. Mais, tu connais mes contraintes professionnelles. Je ne t'apprends rien. Je pense à toi très fort et, de tout cœur, je te souhaite un happy Birthday. Je t'embrasse. Ton papa qui t'aime.

PS – J'ai trouvé le livre en anglais que tu m'as demandé. Tu l'auras à mon retour. Tu me manques et maman aussi.

Bises à tous les deux.

À bientôt

Après nos sempiternelles pizzas, nous décidons d'aller visiter Deauville, mais cette fois-ci en touristes. Notre pote n°21 passe vers 14 heures, c'est parfait. Sauf que le samedi les places sont chères. Tant pis, on restera debout. Nous descendons à la Gare Routière, comme d'habitude. J'ai dit à mes amis que je voulais aller remercier les gens de l'office du Tourisme. Il se situe Quai de l'Impératrice Eugénie, à quelques enjambées de notre arrêt. Le bâtiment de style normand à colombages est superbe. Je le prends en photo sous tous les angles. Nous rentrons tous les trois. Deux personnes derrière un guichet blanc discutent avec un groupe de touristes. L'intérieur est très beau également et apparemment bien documenté. Une jeune femme vient vers nous.

— Bonjour Messieurs, que puis-je faire pour vous ?

— Vous avez déjà fait beaucoup, dis-je. En fait, je suis venu avec mes amis pour vous remercier. Je vous avais demandé par mail la liste des coiffeurs ainsi qu'un plan de la ville et, à ma grande surprise, je les ai reçus instantanément. D'où notre visite d'aujourd'hui.

— Je suis ravie que nous ayons pu répondre à votre attente. Mais, puis-je vous demander pourquoi cette liste de coiffeurs ? dit-elle en posant un regard insistant et malicieux sur l'opulente crinière bouclée de Jérôme.

Celui-ci comprend immédiatement la vanne et sourit.

— Non, ce n'était pas pour moi, dit-il en riant.

Sourire amusé de notre interlocutrice, qui conclut.

— Bon séjour, messieurs et n'hésitez pas à nous contacter en cas de besoin. Nous sommes à votre disposition.

Une photo de l'intérieur, nous sortons. Un tour de la Place de Morny, lunettes noires, bermuda, téléphone-photos.

Superbe. L'église Saint Augustin. Square de l'Église en redescendant par l'avenue de la République. Intérieur et extérieur. Re-photos. Magnifique. Pour suivre et dans le même périmètre, l'hippodrome de La Touques. Puis, le Casino Barrière, splendide bâtiment. Non, on n'y viendra pas un soir, Denis. On n'a pas de thunes. Oui, c'est dommage, je sais, mais c'est comme ça, mon pote. En plus, on n'a pas dix-huit ans.

Au bout d'un moment, on en a plein les pattes. On décide de s'arrêter boire un coup ensuite de quoi on redescendra à la plage des Fusillés. Nos minettes doivent nous attendre. Enfin, on espère…

*

Oui, elles sont bien là. Papa et maman aussi. Ça aurait été trop beau. On a la chance de pouvoir de nouveau s'installer à proximité. Elles nous font coucou avec la main. Le papa nous regarde approcher. Il est debout et secoue sa serviette.

— Ah, voilà donc nos étudiants campeurs, dit-il. Vous êtes-vous instruits depuis la dernière fois ?

Il sourit. Pas si méchant que ça, finalement, je crois.

— Oui et encore merci de m'avoir éclairé, dis-je.

Je vois qu'une des filles tient un ballon à la main. En le montrant du doigt, je dis : « — Une partie de volley dans l'eau, ça vous dirait, filles contre garçons ? Si vous permettez, Monsieur, dis-je en me tournant vers le papa.

— Vous avez déjà fait la fête ensemble l'autre soir, autant continuer, me répond-il.

En un seul bond les quatre sirènes rejoignent l'eau. Nous les suivons.

6

C'est bien joli tout ça. On s'amuse, on nage, on danse, on flirte et les jours passent. Vite. Trop vite. Trouville n'a rien donné non plus. On a trouvé ce fameux Philippe, qui en fait s'appelle Jean-Philippe et a, non pas quarante ans, mais trente-six. Et ça change tout. Oui, il est bien parisien. La preuve, nous dit son patron, il est retourné dans la capitale. Il s'ennuyait à Deauville. Surtout l'hiver. Je veux bien le croire. De toute façon, comme dit Jéjé, vu que c'est pas lui, on s'en fout.

Le samedi soir de mon anniversaire, on s'est retrouvés tous et toutes dans le machin derrière la Pizzeria. On a un peu picolé. Du champagne. Le papa et la maman des quatre jouvencelles nous ont invités à leur table. En fait, y a eu un coup monté par mes potes. On dansait tranquillos, c'était un slow. Je sentais bien qu'Audrey – c'est l'aînée – se rapprochait de moi insensiblement. J'en étais plutôt ravi, lorsque tout à coup, en plein frotti-frotta, le groupe de zicos s'arrête net. Jéjé, debout, seul au milieu de la piste, leur fait un signe. Ils se mettent à jouer Happy Birthday.

Tout le monde applaudit, m'entoure et me souhaite un bon anniversaire. Papa-des-quatre dit :

—Venez à notre table !

Et c'est là qu'il a commandé une bouteille de champ'.

Je reconnais qu'ils ont fait fort, mes potes. J'aurai eu un super anniv' et des super vacances.

N'empêche, aucun résultat probant sur mon enquête. Rien. Nada. Que dalle ! Je m'attendais à quoi, moi ? Franchement, faut être débile pour croire qu'on peut retrouver quelqu'un dont on ne sait à peu près rien, rien du tout en fait, dix-sept ans après. Alors oui, on va continuer à rire, à chanter, à danser, à draguer. Les vacances, c'est fait pour ça. Mais qui c'est qui va rentrer à Paris sans avoir vu son papa ? C'est moi. Il reste une semaine. Je veux encore y croire. J'ai décidé de repasser chez tous les coiffeurs visités depuis le début. Mes potes me disent que je suis ouf. Que je vais me faire jeter. Je vous ai rien demandé, les gars. Je ne vous ai pas dit de venir. Mais moi, je dois le faire. Et je vais le faire.

— On va pas te laisser tomber, Oli, hein Denis ? dit Jérôme. C'est de la folie, mais on va le faire. Hein, Denis ? répète-t-il.

Denis dit qu'évidemment on va pas me laisser seul. On est partis à trois au combat, on ira à trois jusqu'au bout. Je crois que l'un et l'autre ont senti mon désespoir, mon découragement. Même si ça avait été trop beau de réussir du premier coup.

— Merci, les gars, vous êtes mes frangins, sur ce coup là. Sur les autres aussi, d'ailleurs.

À tour de rôle, ils viennent me donner l'accolade assortie de petites tapes dans le dos.

Cette nuit, ronflage, parlage ou pas, je vais avoir du mal à dormir. J'appréhende de rentrer à Paris. Surtout que deux jours après mon retour, la famille s'en va à Ault. Avec moi dans leurs bagages. Et ça, ça me fait flipper grave. J'imagine que Maman sera ravie que j'aie fait chou blanc. Elle ne demande que ça.

Et je ne sais toujours pas pourquoi.

*

Effectivement, ils avaient raison, les deux. On s'est bien fait jeter. Et en plus, ils ont tous voulu savoir le pourquoi du comment. Alors, j'ai joué le jeu. J'ai tout balancé. Oui, c'est pour moi. Je recherche mon père que je ne connais pas et qui s'est barré quand je suis né. Il y a d'autres façons de chercher, plutôt que d'emmerder le monde qui travaille ? D'accord. Je suis d'accord. Je n'ai sans doute pas choisi la bonne méthode. Je suis désolé et vous prie de m'excuser. Oui, j'ai un sac plein d'excuses. Je l'ouvre quand j'en ai besoin. Souvent. Toujours. Je suis bien élevé. Poli. Mais triste. Je suis triste, malheureux. Je veux savoir qui est mon père. Putain ! Vous n'comprenez pas ? Merde, à la fin !

J'en suis malade.

Il y en a d'autres qui sont dans mon cas. Je suis loin d'être le seul. Ça, je sais. Tant mieux si ça ne les gêne pas pour vivre. Je suis content pour eux ou pour elles. Mais, pour moi, c'est une douleur. Je vais en crever, si je ne le trouve pas. C'est essentiel pour moi. Il est dans ma tête en permanence. Dans tous mes rêves. Dans tous les films que je regarde, les bouquins que je lis, c'est lui, le héros principal. Il est partout. Dans mon âme, dans mon cœur, dans mes viscères. Et le sang qui coule dans mes veines, c'est aussi le sien. Et ça, c'est réel.

Oui, je vais en crever. Qui peut comprendre ça ? Personne, je pense. Si je ne le retrouve pas, je resterai à vie avec une blessure profonde et béante. À vie, j'en suis sûr. Et ce putain de dimanche 28 qui s'amène, alors que je le croyais si loin. C'est dans quatre jours. Da Silva sera à l'heure et sa Mégane nous ramènera à notre point de départ. Ce point de départ si joyeux et désormais si lointain. Comme j'aimerais tout reprendre à zéro. Deux semaines se sont écoulées depuis la dernière prospection sur le terrain. Pour être sûr de ne rien rater, j'ai même téléphoné à quelques salons disséminés dans les villages alentour. Chaque jour en élargissant le périmètre.

Je pense que mon forfait mobile va s'en souvenir. Surtout quand Maman va recevoir la facture virtuelle. Je suis décidé à l'affronter. Qu'elle ne me cherche pas trop, sur le sujet. Je suis bien décidé à ne pas me laisser faire.

*

Pour remercier mes acolytes d'avoir guerroyé une ultime fois à mes côtés, j'ai décidé de les inviter ce soir au resto du camp. Jéjé demande si c'est parce que sa bouffe est dégueu. Je lui affirme que non. J'ai juste besoin de me sentir bien avec eux deux. J'ai aussi envie d'un p'tit rosé de Provence. Je sais pas pourquoi. Enfin, si… je sais. Je le commande direct avant même de choisir le menu. La serveuse l'installe à côté de moi, dans un seau à glace sur pied. Elle dit qu'elle repassera pour la suite.

Je demande à mes potes de se lâcher. Il me reste des thunes, autant les utiliser ensemble. Le rosé, sorti du frigo est déjà frais. Je remplis nos trois verres. Je lève mon godet vers mes amis. Je déclare vouloir porter un toast à cette belle amitié qui nous unit. Ils trinquent avec moi, les yeux humides. Denis dit qu'il est content de faire partie du trio et qu'il espère qu'on restera copains pour la vie. Si ça continue, je sens qu'on va finir par chialer. Du coup, je les bouscule pour qu'ils choisissent leurs menus. En parcourant la carte, je lève les yeux juste par-dessus. Cette femme en bout de terrasse, seule à sa table m'intrigue. Ce n'est pas la première fois que je la remarque. Elle est toujours seule et à la même table, chaque jour. La mine triste. Elle fume une cigarette et de temps en temps boit une gorgée de vin. Rosé aussi. Elle picore plus qu'elle ne mange.

Pendant la soirée, Jéjé remarque que j'observe cette inconnue avec insistance. Il ne peut pas s'empêcher de me demander à mi-voix si je fais dans la couguar. Ça me fait à peine sourire.

Je sens que cette femme est malheureuse, ça se voit. Elle a moins de quarante ans. Plutôt jolie. Classe, même. Super-bien sapée. Aucun bijou. Juste une montre. Des cheveux brun roux relevés. Maquillage discret. Elle a compris que je l'épie. Elle me regarde furtivement, m'adresse un léger sourire. Baisse les yeux sur son étui de Marlboro dont elle extrait une nouvelle clope. Je ne comprends pas pourquoi je suis attiré par elle. Je demande discrètement à Sylviane, notre serveuse, de me dire qui est cette femme et pourquoi elle est seule. Comme elle lui tourne le dos, elle peut m'expliquer à voix basse que c'est une cliente fidèle depuis plusieurs saisons. Mais que c'est la première année qu'elle est seule. Avant, elle venait avec un très bel homme. La quarantaine. Grand, bronzé, cheveux argent et très souriant. Non, on ne sait pas pourquoi. On ne lui a pas demandé. Discrétion oblige. On pense qu'il l'a larguée, vu la tête qu'elle fait.

Denis et Jéjé me remercient pour le repas. Ils vont rentrer se coucher. La journée a été dure. Je les comprends. Non, moi je vais rester encore un peu. Oui, y a du rosé à finir. Bonne nuit les mecs. J'essaierai de ne pas vous réveiller en rentrant. C'est promis, bande de ronfleurs parleurs ! Mes amis sont partis. Je regarde de nouveau cette femme. Je m'aperçois que sa demi-bouteille est vide. Elle l'a retournée dans le seau à glace. Dans la mienne, que je tiens à la main, il reste de quoi faire deux demi-verres. Je m'approche d'elle.

— Mes amis m'ont abandonné. Voulez vous partager ce fond de Provence avec moi ?

En prononçant ces mots, je suis saisi d'effroi par mon audace. Qu'est-ce qui m'a pris ? Jamais de ma vie je n'ai fait une pareille chose. Si elle m'envoie bouler, je ne l'aurai pas volé. Elle m'invite à m'asseoir.

— Ça m'ennuyait d'en commander une autre. Vous tombez à pic. Unissons nos solitudes, dit-elle en riant.

— Que l'alcool coule à flots donc, dis-je en riant également. Je vous sers. Un demi-verre chacun, ne nous consolera qu'à moitié.

Elle me tend son verre et sourit franchement à cette remarque. Vous avez de l'humour, me dit-elle, j'aime ça. On commence à discuter. De tout et de rien. Comme elle a aimé, j'essaie de faire un peu d'esprit. Je sais faire, mes amis et ma famille le disent. Elle sourit à mes bêtises. Elle a de très belles lèvres. Pulpeuses, mais pas trop. Attirantes, en tout cas. Elle décide de commander une autre bouteille. Je lui demande si c'est bien raisonnable. Elle dit qu'elle ne sait pas et qu'elle s'en moque. Je suis d'accord. Sylviane, la serveuse, me regarde avec des yeux coquins, genre tu vas pécho la meuf. Je fais semblant de n'avoir rien remarqué. Elle veut servir le vin. Je lui dis que je le ferai, merci. Elle comprend qu'elle doit s'éclipser rapidement. Je remplis les verres à moitié. Nous trinquons. Je dis que je m'appelle Olivier. Elle, c'est Alice. Oui, elle est habituée de ce camping. Elle loue un mobile-home tous les ans ici. Elle adore Deauville. Oui, tout. La ville, la plage, le casino. Non, cette année elle n'a pas bougé du camp. Seule, c'est pas drôle. D'habitude ils sont deux. Depuis six ans, maintenant. Elle ne sait pas pourquoi il n'est pas là cette fois. Son portable ne répond plus. Il devait venir début juillet comme chaque année. Elle espère, mais plus trop. C'est pour ça qu'elle ne bouge pas d'ici. Mais, je vous ennuie avec mes histoires, dit-elle.

Mais non, pas du tout. Moi ? Je suis là pour une raison précise. Je raconte. Mon père, l'enquête, mes amis, l'échec. Le retour sur Paris pour dimanche. Oui, passé trop vite. Moi aussi je suis malheureux. Je ne suis pas un vacancier ordinaire. Elle comprend. Finalement, on termine la bouteille. C'est vite fait 75cl, à deux, faut pas croire. Elle dit qu'on devrait continuer à parler. Ça nous fait du bien. Elle a aussi du rosé au frigo dans son mobile-home. On pourrait y aller poursuivre la conversation. Je dis oui. On y va.

Mon fils, écoute-moi bien. Si tu veux réussir dans la vie, tu dois retenir deux choses essentielles. La droiture et la fermeté. Tu dois être juste en tout. Avec ta femme, avec tes enfants, ton personnel si tu deviens patron. Ne doute jamais de toi. Si tu prends une décision va jusqu'au bout. Si tu t'es trompé, ce sera une expérience pour la prochaine fois. Mais, tu ne dois pas hésiter. Ne laisse personne décider à ta place. Sois le maître de tes émotions. Je ne peux qu'approuver ce discours de Papa. J'ai son propre exemple sous les yeux. Comment ne pas le croire ?

*

Alice est désolée. Elle croyait qu'il lui restait du rosé et en fait, sa réserve est épuisée. Par contre elle a du whisky. Qu'est-ce que j'en pense ? Je pense que ça me rappellera les soirées avec Gab. Oui, ça me va aussi, bien sûr. Avec glaçons, je veux bien. On a parlé, on a bu. On a ri et pleuré un peu aussi. L'alcool peut être parfois conducteur de tristesse. Non, elle n'a plus vraiment d'espoir. Elle va rester encore un peu au mois d'août, on ne sait jamais. Mais elle n'y croit plus. Elle est de Bordeaux. Lui aussi. Oui, il est marié, c'est pour ça. Mais il s'est toujours arrangé pour être libre en juillet. Sous prétexte d'un congrès professionnel récurent. Le couple vacille depuis quelques années. La femme fait sa vie de son côté. Mais, la finance, c'est elle. Le fric complique tout. En tout cas, n'arrange rien. La preuve. Elle pense qu'il a décidé de rompre de la façon la plus lâche qui soit. Sans préavis.

Et moi ? C'est mon père. Il s'est tiré un mois après ma naissance. Non, on ne sait pas pourquoi non plus. Enfin, certains savent, mais ne veulent rien me dire. Ma mère sait, ma grand-mère. Mon grand-père savait. Il est mort, il ne peut plus rien pour moi. Mais moi, j'ai la rage de savoir, Alice, vous comprenez ? Bien sûr qu'elle comprend. Oui, je veux bien encore un whisky. Pas trop, je voudrais pouvoir rentrer à pied, mais droit jusqu'au campement, si possible.

Je ne suis pas rentré à pied. Je ne suis pas rentré du tout. On s'est retrouvés au lit, tous les deux. Ça s'est fait naturellement, comme ça, sans qu'on s'en rende compte. Enfin, pas moi, en tout cas. Je me suis blotti contre elle. Elle m'a caressé. Consolé. Elle m'a pris la bouche. J'ai aimé. Le reste a suivi. Naturellement, comme ça. Et puis, on s'est endormis. Dans les bras l'un de l'autre. Au milieu de la nuit, presque au matin, on a refait l'amour. Je ne me suis jamais senti aussi bien dans ma tête.

*

Il est dix heures et demie lorsque j'arrive à la tente. Mes amis n'y sont pas. Je récupère mon maillot de bain planqué sous mon matelas. Je l'enfile et me dirige vers la piscine. Ils sont dans l'eau et gesticulent en s'arrosant réciproquement. C'est Jéjé qui m'aperçoit en premier. Il me fait des grands signes.

— Oli, on est là, viens m'aider à arroser ce mec qui parle toute la nuit exprès pour m'empêcher de dormir !

Il a crié ça de loin. Mais de près, il me demande ce que j'ai foutu, où j'étais, avec qui et à quoi faire ? Je lui demande s'il fait partie de la Gestapo. Il se marre et conclut, mais doucement cette fois-ci : « — Ben, mon cochon, t'a découché ! C'était bien…?

Le reste de la matinée se déroule comme celle du vacancier lambda. Entre la piscine, le snack et le bowling, quelques essais de drague sans grand succès. À midi, Jérôme nous concocte son menu « Spécial Jéjé », après quoi nous refaisons le monde, clopes au bec. Un voisin fait semblant de jouer de la guitare. Nous décidons qu'il est l'heure d'aller faire un tour. En fin d'après-midi, Alice m'envoie un sms pour me dire qu'elle ne sera pas au restaurant ce soir. Que je passe prendre le café avec elle demain matin. Pas avant neuf heures. Elle s'endort tard. Le matin elle traine un peu.

— Papa, tu devrais pas rouler si vite, on a le temps.

— ...

— Papa, tu m'as entendu ? Pourquoi tu roules si vite ? Je t'assure, c'est pas la peine. Cette route est dangereuse. C'est tout en virages. Ralentis, s'il te plaît.

— T'inquiète pas, fils, je maîtrise. Je suis désolé mais ta mère m'a bien mis les nerfs. En plus, elle ne sait pas de quoi elle parle. C'est ça qui m'a rendu fou, tu comprends ?

— Mais, Papa, calme-toi, je t'en prie et... Attention... Papa... Attention !! ! Papa !! !... Attention !! ! Le virage...

« Attention, Papa *!!* ! Attention !... Papa *!!* ! Papa *!!* ! Attention *!!* ! Le virage... Le virage ! »

— Oli ! Qu'est-ce qui t'arrive ? Calme-toi, c'est rien. T'as fait un cauchemar. Ça va aller, assieds-toi...

C'est Jérôme que j'ai réveillé en sursaut. Je suis trempé de sueur, je tremble. J'ai froid. J'ai peur.

— Viens, dit-il, on sort de la tente. Denis n'a rien entendu, il dort. Il ne s'est rendu compte de rien.

Jéjé attrape mon drap de bain au passage et me fait asseoir sur un pliant, à l'extérieur. Je suis torse nu et ruisselant de transpiration. Il me frictionne vigoureusement le corps avec ma serviette qu'il me laisse ensuite sur les épaules.

— Ça va ? me demande-t-il. T'as fait un putain de délire, mec. Comment tu te sens ?

— Oui, ça va, Jé, merci. Je n'sais pas, j'ai pas compris. Je ne me souviens pas. Qu'est-ce qui s'est passé ? J'ai fait un mauvais rêve ?

— Tu criais. Après... ton père, Oli. Faut pas t'angoisser comme ça. Tu vas le retrouver, tu verras. Tiens, bois une lampée – il me tend une flasque de whisky – juste une lampée, ça va te réchauffer.

*

J'arrive à neuf heures trente devant le mobile-home d'Alice. Sa porte est ouverte. Ça sent l'Arabica frais. Son visage s'éclaire quand elle me voit. Je lui souris. Elle veut savoir si j'ai bien dormi... sans elle. L'humour ne l'a pas quittée. J'oublie volontairement de lui parler de mon cauchemar. Je dis juste que j'ai rêvé de mon père. C'est habituel, mais elle ne le sait pas. Habituel, mais pas dans ces conditions. C'est la première fois que je fais ce genre de rêve avec lui au casting. Je mets ça sur le compte de ma déception. Pas le moindre résultat, le moindre indice, la moindre piste. Rien. Je suis désespéré. Je ne dis rien de tout ça à Alice. Juste que j'aurais mieux dormi dans ses bras. Elle sourit. Me sert une grande tasse de café. Prends un croissant, me dit-elle en me désignant une assiette sur la table. Non, merci, je n'ai pas faim. Je me contenterai du café.

— Oh, toi, tu es contrarié, mon lapin. J'espère que ce n'est pas ma faute, au moins ?

Mon lapin. C'est la première fois qu'on m'appelle comme ça. C'est mignon, finalement. Je la rassure. Non, bien sûr. Toi, Alice, tu es mon seul rayon de soleil depuis des lustres. J'aime être avec toi. J'ai quand même du mal à la tutoyer, mais je m'y applique. Après ce qui s'est passé entre nous.

— Ça te dirait, un tour à Deauville ? On pourrait déjeuner au restaurant « La Péniche », j'adore cet endroit. Qu'est-ce que tu en dis, Olivier ?

— Franchement, j'en ai ma claque du bus n° 21. On s'est trop fréquenté, lui et moi tous ces jours de semaine.

— J'ai ma voiture, garée juste derrière le mobile-home. C'est une Coccinelle. Ça conviendra à Monsieur ? se moque-t-elle. Ou dois-je prévoir d'en changer ?

— Non, ça ira pour cette fois, Madame. C'est parfait. J'accepte avec plaisir.

Je passe prévenir mes potes que je ne serai pas là de la journée. Jérôme est seul. Il me dit que j'ai raison de me détendre. Que ça va me laver la tête. Non, il n'a pas parlé à Denis au sujet du cauchemar. Bien sûr, que ça restera entre nous, no souçaille. Il veut juste savoir si… comment dire… enfin, la nuit d'avant avec la femme… je… tu comprends, quoi !?

— Oui, je l'ai fait, si c'est ce que tu veux savoir. Et c'était génial. Cette femme est merveilleuse. Elle a besoin de chaleur, d'amour, comme moi. On s'en est échangé. L'un comme l'autre, on sait que ça n'ira pas loin cette parenthèse dans nos vies. Mais, on a décidé d'en profiter, tant qu'on peut.

— Et moi, tu crois que si je…

— Non, Jéjé. Ce n'est pas une couguar. On s'est juste trouvés au moment où il le fallait, elle et moi. C'est tout.

— OK, mec. Profite bien de ta journée. Denis est aux sanitaires. C'est son jour de vaisselle, aujourd'hui, dit-il en riant. Une vraie galère pour lui. Bon, Oli, à ce soir, alors ?

— Oui, à ce soir, Jé. Bonne journée, tu diras au champion de la vaisselle que je vais revenir. Qu'il ne croit pas qu'on se débarrasse de moi comme ça.

Ça fait rire le grand frère. À mon avis, il m'envie un peu, quand même. Je peux le comprendre.

On se checke. Je retourne vers le pays des merveilles de mon Alice. Elle est déjà au volant, moteur au ralenti.

Je m'installe. Elle met de la musique, pas trop fort. Elle pose sa main sur ma cuisse gauche. On démarre.

— Après, si tu veux, on fera un tour jusqu'à Cabourg. À peine vingt kilomètres en suivant la côte. C'est sympa, tu verras.

— Avec toi, Alice, j'irai au bout du monde ! dis-je en riant. Elle dit que c'est trop loin et qu'on n'aura pas assez d'essence. Elle préfère qu'on s'en tienne à la région. À moins que j'insiste. Oui ? Non ? Alors, commençons par un bon repas à La Péniche.

Après, on décidera...

En cours de route, elle m'explique qu'elle dort très peu la nuit, sauf quand je suis là, ajoute-t-elle, malicieuse. Alors, elle écrit. Oui, des romans, des Nouvelles. Policières, la plupart du temps. Non, jamais publiée. Elle s'en fiche et n'a même pas essayé, d'ailleurs. Elle fait ça pour le plaisir. Pas de profession. Son mari, emporté par un infarctus, lui a laissé une rente suffisante pour qu'elle n'ait pas de soucis d'ordre financier. Elle voyage. Et puis, il y a cet homme, Enzo, qu'elle a connu il y a six ans. Ils sont tombés amoureux. Architecte, il peut aménager son temps comme il veut. Ils arrivent à passer des week-ends ensemble, de temps en temps. Le bonus, c'est le mois de juillet. Il parvient toujours à dégager au moins quinze jours. Quelque fois plus. Et puis...mais, je connais la suite. Elle veut savoir mes passions. Je lui parle du dessin. De la Pub et des BD. Du cadeau d'anniversaire de mes deux amis. Oui, ceux du resto. On est ensemble à l'école, à Paris. On arrive à *La Péniche*, Promenade Michel d'Ornano. Elle se gare au parking face au *Normandy Hôtel*.

*

La plage de sable fin de Cabourg où on s'arrête est bien entretenue. Alice a voulu qu'on laisse les chaussures dans la Coccinelle et qu'on y marche pieds nus, tout au bord. C'est marée haute en cette fin d'après-midi. On se laisse charmer par le clapotis des vaguelettes sous nos pas.

C'est vendredi. Dans deux jours à peine, le retour sur Paris. J'ai un spleen terrible. Tout se mélange dans ma tête. Entre le double bonheur d'avoir passé seul mes premières vacances, la beauté de la Normandie et l'échec de la mission que je m'étais fixée. Le tout, compensé par cette rencontre avec cette femme. Il fallait que ça se fasse. Obligatoirement. Ça devait être elle, ça devait être moi. Désormais, le spectre de la séparation vient s'ajouter à mon désarroi. Elle va rester. Je vais partir. Elle dit qu'elle prolongera de quelques jours, pas plus. Tout en étant consciente que ça ne servira à rien. Elle ne sait pas pourquoi, mais elle sent qu'elle doit faire comme ça. Oui, moi c'est bien dimanche. Ce dimanche 28 qui n'aurait jamais dû exister dans le calendrier. Et surtout, pourquoi est-il arrivé si vite ? Qui lui a dit que j'étais pressé ? C'est après demain, en effet.

Alice comprend que je sois morose. Elle dit qu'on doit, elle et moi, remercier le ciel – ou qui on voudra – de s'être rencontrés. Car c'est une belle rencontre. Elle sait, que d'une manière ou d'une autre, je retrouverai mon père. Je lui dis que, de mon côté, je suis sûr qu'Enzo lui reviendra. Elle a un petit sourire malheureux. Elle s'arrête de marcher. Se tourne vers moi, me prend le menton, sa main est douce. Elle porte ma bouche à la sienne.

D'autres promeneurs passent près de nous. Ils nous regardent. D'autres encore. On s'en moque. Dans ce décor de rêve, il n'y a plus que deux êtres vivants.

Elle et moi.

7

Comme prévu, Da Silva est à l'heure. On a réussi à rassembler plus ou moins bien nos trois bardas respectifs et à les jeter à regret dans le coffre de la Mégane. Le retour est beaucoup moins joyeux que l'aller. Ça sent vraiment la fin des vacances. Pour Da Silva, en tout cas. Nous, il nous reste encore le mois d'Août. Tout le monde est silencieux dans la Renault. Jérôme, stoïque, a remis son casque en service et s'éclate tout seul. Je suis de nouveau assis avec lui à l'arrière. On a laissé notre pote Denis à l'avant qui trafique de nouveau le volet de la clim pour être sûr d'avoir l'air sur le visage. On sent l'angoisse permanente du gars. Jean-Claude lève les yeux et me regarde dans le miroir de complaisance. Il se racle la gorge.

— Vous n'êtes pas venus au Seven ? Ou on s'est pas vus ? Un jour différent du mien, peut-être ? Non, vous m'auriez appelé, je pense ?

— On n'a pas pu. On a été tellement occupés par ailleurs. Désolé.

— Pas grave, c'était juste pour parler.

Il a raison. Personne n'a envie de parler. Surtout pas moi.

Deux personnes occupent à présent mon esprit : Mon père et… Alice. J'ai chialé comme un gamin quand je suis allé lui dire au revoir.

Elle s'est obligée à garder le sourire. Elle a dit, on se reverra forcément un jour. Sois heureux, mon Olivier. Tu m'as donné du bonheur. Merci pour ça. Alice, tu as fait de moi un homme. Moi aussi je veux te remercier pour ça. J'ignore si nous nous reverrons jamais. Quoi qu'il en soit, tu resteras à vie un de mes plus beaux souvenirs.

Comme dans les films, elle s'est mise sur le pas de sa porte et m'a regardée rejoindre mon campement. Au dernier moment, je me suis retourné et lui ai fait un signe de la main. Avec la sienne, elle m'a envoyé un baiser.

***

Trajet calme et sans problème particulier. Jean-Claude nous laisse là où il nous avait pris, métro Pont de Sèvres. On se dit au revoir et merci pour tout. Oui, si on a besoin, un jour, on s'appelle, c'est promis. Nous aussi, ravis d'avoir fait sa connaissance. Bonne reprise pour le boulot. Bonne suite pour nos vacances. Merci. Direction Mairie de Montreuil. On descendra à République. Après, on se sépare. Moi je prends la correspondance pour Belleville. Il fait une chaleur étouffante à Paris. C'est nul. Je remonte péniblement à pied jusqu'à la rue Rampal. Au numéro 21. Premier étage. Maman est là. Martin aussi. Bref, pas de surprise. Je m'y attendais. Oui, ça s'est bien passé, merci. Trop court, c'est sûr. Et eux ? Ils vont bien. Sandra est déjà à Ault. C'est sa tante Marie qui s'en occupe en attendant qu'on arrive.

Mardi. C'est mardi qu'on part. Oui, après demain. Ça te laisse le temps de vider ton sac et d'en préparer un autre, Oli. Bien sûr, m'man, bien sûr...Si tu savais, Maman, comme j'ai pas envie de le préparer, ce sac.

*

Sandra me saute au cou dès que je franchis la porte. Elle guettait mon arrivée. Un peu comme Pénélope avec Ulysse. Elle veut tout savoir. Faut que je raconte. Quoi ? Ben, tout ! Comment c'est le camping, comment c'est Deauville, tu t'es baigné ? Et la tente c'était comment ? Les planches, trop bien, non ? Oui, ma Sandrounette, je vais tout te raconter. Mais là, j'en ai plein les bottes. Je vais me reposer en haut. On se voit après, d'accord ? Moue de la concernée. Mais elle dit oui, je comprends. À plus.

En fait, j'ai voulu me réfugier au grenier. Je n'ai même pas vu les autres locataires parisiens. Ils doivent être encore à la plage. Tant mieux. Je n'ai pas envie de raconter mon séjour normand à qui que ce soit. Pour l'instant, du moins. Je retrouve le lit qui m'est destiné. Il y a mon prénom dessus, avec un truc marqué « bienvenue ». Bienvenue, tu parles ! Je m'allonge sur le couvre-lit. Je ferme à peine les yeux et je commence à pleurer. Finalement, je m'endors. Il est dix-huit heures trente quand je redescends. Les adultes sont déjà à l'apéro dans la cour. Comme tous les ans, y trône cette table vermoulue qui doit dater de Mathusalem et que Mémé Didine ne veut pas jeter. Elle aussi, elle est là et vient vers moi. Elle m'attrape par le cou, manque m'étrangler tellement elle est brusque. Elle me fait claquer une bise sonore et humide sur chaque joue. Je suis obligé d'en faire autant.

— V'là le lâcheur, tu nous a manqué, mon ch'tio père. Chuis ben contente de t'revoir, mon p'tiot parigot.

— Moi aussi, Mémé Didine, moi aussi.

Martin me propose un coca. Je lui demande si c'est possible d'y ajouter une larmichette de whisky. Rien que le mot me fait penser à Alice. Que fait-elle à cette heure là ? Elle doit lire, écrire ou écouter de la musique. Ensuite, elle se dirigera vers le resto. Elle y prendra sa table réservée. En face d'elle, il y aura quelqu'un d'autre que moi.

Traditionnellement, le premier soir, on dine tous dans la plus grande salle à manger. Celle qui donne sur la rue du Hamel. En général c'est très festif. Tout le monde est content de se retrouver chaque année. Cette fois, c'est moi l'objet de toutes les attentions. Comme si j'étais parti en expédition au Groenland. Je n'ai pas vraiment envie. Mais je ne veux pas faire le gamin qui boude. Alors, je raconte. Deauville, les planches, la plage des fusillés. Ah, vous ne savez pas pourquoi ça s'appelle comme ça ? Ben, voilà… Enfin, je fais mon intéressant. Sandra me dévore des yeux. Pour un peu elle en baverait.

Les bouteilles circulent. Les verres se remplissent et se vident. On rigole. Enfin, les autres. Pas moi. J'essaie de faire bonne figure. C'est Mémé Didine qui a préparé le repas pour tout le monde. Les petits ont une table à part au fond de la salle. Ça gigote, ça rit, ça crie, ça hurle, ça pleure. Mémé Didine se fâche. Tous les mômes se taisent, terrorisés. J'ai reçu plusieurs appels depuis mon arrivée. Pour commencer, Mélanie. Non, elle ne me dira pas pour le cadeau. On verra à la rentrée. Oui, j'ai pensé à elle. Gab aussi m'a appelé. Elle m'a demandé, tout comme Mèl, si j'avais du résultat sur mon enquête. Mes deux potes également m'ont appelé. Jéjé va partir en Corse avec ses vieux. Denis, à Bayonne.

Même Sandra m'a demandé pour mon père. La seule qui ne m'a rien demandé, c'est Maman. Pourtant elle aurait eu le temps depuis dimanche soir. Est-ce qu'elle n'ose pas ? Ce n'est pas son genre, pourtant. Non, je crois qu'elle craint la réponse, en fait. Je lui parlerai. Demain. Ce soir ce n'est pas possible avec tout ce monde autour de nous.

Demain, m'man, on va parler, tu peux en être sûre.

*

J'en profite ce matin, tant qu'on est à la plage ensemble. Les autres sont tous dans l'eau. Maman et moi on est assis sur nos serviettes rembourrées par les galets, comme il y en a sur toutes les plages Picardes. J'ai envie de m'allumer une clope pour me donner une contenance. Elle ne va pas apprécier. Je m'abstiens.

— M'man, t'as rien à me d'mander ?

— Je ne crois pas, Oli. Que veux-tu que je te demande ?

— Au hasard, si j'ai retrouvé mon père, par exemple.

— Ton attitude depuis que tu es rentré, me laisse à penser qu'il n'en est rien.

— Et je suppose que tu es ravie ?

— Pas du tout, mon fils. Rien de ce qui te contrarie ne peut me faire plaisir. Par contre, je préfère que ce soit ainsi. Mes raisons restent les mêmes qu'avant ton départ. Ceci étant, je suis désolé pour toi. Vraiment.

— Si tu étais désolée, Maman, tu m'aiderais dans ma démarche, plutôt que de rester dans le mystère. Enfin, comme ça j'aurai connu l'univers des salons de coif...

Je me mords les lèvres. Elle tourne brusquement la tête vers moi. Ses yeux me fusillent.

— Qui t'a dit qu'il était coiffeur ?

— Je... mais, c'est... ça n'a aucune importance. Le résultat est là, c'est un échec, c'est tout.

— Je suppose que c'est ta grand-mère, qui t'a renseigné. En dehors de moi et de Papy René, elle seule le savait. Il faudra que je lui dise deux mots.

— Non, je t'en prie, Maman. C'est moi qui ai insisté lourdement. Elle ne voulait rien dire non plus. Je suis seul responsable de ça. Laisse-là tranquille.

— Oh, et puis, après tout, tu as raison, Olivier. Quelle importance, à présent.

— À présent ? Ça veut dire quoi, exactement ? Tu penses que je vais renoncer ? C'est hors de question. Je finirai par savoir qui c'est, où il est et pourquoi tu m'interdis de le voir. J'ignore comment je vais procéder, mais je ne lâcherai pas l'affaire, tu peux me croire, m'man.

Elle garde le silence, Martin et sa fille remontent vers nous. Sandra, essoufflée d'avoir joué dans l'eau me dit que j'ai eu tort de ne pas venir car la flotte est d'enfer. Venant d'elle, je m'en doutais un peu. Je lui dis que je la crois et que je descendrai tout à l'heure avec elle.

Martin comprend qu'il s'est passé quelque chose entre Maman et moi. Ça se voit à nos têtes, je suppose. Une idée complètement folle me traverse l'esprit. Et si je faisais un procès à ma mère ? Pour non présentation de géniteur. On le fait bien pour la garde des enfants divorcés. Je sais pertinemment que je n'aurai jamais le courage de faire ça. Elle a du pot, quand même, d'être tombée sur moi, comme fils, je trouve. Je rigole seul de mes bêtises. Je déconne, je suis en train de me faire un film. En attendant, que faire d'autre que ce que j'ai déjà fait. Résumé des indices en ma possession : Quand il m'abandonne avec Maman, il a vingt-cinq balais et des brouettes. Il est coiffeur. Il se barre de Paris et va chercher du taf en Normandie. Jusque là, tout est clair. Mais, une fois arrivé à Deauville, il ne trouve pas de boulot dans son domaine.

Donc… il fait autre chose. Mais quoi ? Et puis, si ça se trouve, il ne reste pas à Deauville, en plus. Là, ça se corse. Tiens, ça me fait penser à Jéjé. À Denis le gerbeur, aussi.

Ils ont été nickel mes deux potes, quand même, avec moi. S'il n'y avait pas eu cette putain d'enquête, ça aurait été plus cool. En tout cas, heureusement qu'ils étaient là, mes deux mousses. Alice. Toi aussi, tu occupes mon cerveau très encombré, en ce moment. Quelle rencontre sublime. Quels instants délicieux. Te reverrai-je jamais, mon Alice. Et toi, Papa ? Où tu es, qu'est-ce que tu fous sans moi ? Si seulement j'avais ton nom de famille.

— *Si seulement j'avais ton nom de famille.*

— Qu'est-ce que tu dis Oli ?

J'ai dû penser tout haut. Maman, Martin et Sandra se sont tournés vers moi.

— Rien, rien, je... Sandra, tu viens, on va prendre la flotte, tu veux ?

Sandra saute comme un cabri et me précède pour se laisser bousculer par la première vague. Je la rejoins en me tordant plus ou moins les pieds sur les galets. Faut que je pense à appeler Mélanie, en remontant. Elle doit se demander pourquoi je ne l'ai pas déjà fait.

J'ai trop de bazar dans ma tête. Je mélange tout. J'en ai ras la casquette. Il faut que je remette mes idées en place. Concocter un nouveau plan de bataille. On va savoir comment je m'appelle.

Alice, elle va pas m'appeler, elle. J'en suis sûr. Je comprends pourquoi. Je ne peux pas lui en vouloir. C'est quand même une histoire avec un mineur. Je comprends.

Oui, Sandra, j'arrive, j'arrive.

*

Le grenier ne m'a jamais autant angoissé que cette année. Déjà, parce qu'après le chahut habituel, je n'arrive plus à m'endormir. Les autres étés, j'étais tellement crevé de nos jeux et gesticulations en tout genre, que je tombais comme une masse. Désormais, je me réveille. Je pense, je cogite. Je me rendors et de nouveau, je me réveille. Je repense et je recogite. Et comme ça toute la nuit. Le matin, je suis crevé.

Moi aussi je t'attends, Olivier. On va finir par se retrouver, c'est sûr. Non, ce n'est pas un échec. C'est juste une leçon. Une expérience. Tu vas recommencer, autrement et tu vas me trouver.

Autrement, autrement. Tu es drôle, Papa. Je ne suis pas détective. Et puis, si Maman lâchait un peu de lest…

Ta mère ne te sera d'aucun secours, tu peux me croire. Elle ne te dira rien de plus que mon âge. Elle a ses raisons pour ça. Elle te l'a dit et répété. Courage mon fils. Un jour ou l'autre, nous serons réunis.

De nouveau, je me suis réveillé brusquement. Je suis en nage. J'essaie de respirer profondément pour me calmer. Je n'ose pas allumer ma lampe de chevet, de peur de réveiller mes voisins. J'ai hâte que ce mois d'août s'achève. Je veux rentrer à Paris. Retrouver mes amis et Mélanie. On va réfléchir tous les quatre. Ils vont m'aider. On va réussir, j'en suis sûr.

Ici, que puis-je faire ? Rien. Absolument rien.

*

Dimanche 4 Août. Il est onze heures trente. Tout le monde ou presque, est à la messe. Pas moi. Je n'y vais plus depuis ma communion solennelle. J'ai perdu la foi depuis un bon moment. Ne serait-ce qu'à cause des nombreuses prières pour retrouver mon père, restées lettres mortes. Quant aux autres, ils y vont plus par tradition que par dévotion, j'en suis persuadé. Enfin, chacun fait ce qu'il veut. En ce qui me concerne, la messe est dite.

Je me balade dans la ville. Il y a un petit marché sur la place de l'église. J'en fais juste le tour, comme ça, pour rien. Ce mois d'août ne finira donc jamais. On est seulement le 4. Ça fait six jours qu'on est partis de Paris. J'ai l'impression que ça fait un mois. Plus rien ne m'intéresse. Rien ne m'amuse comme les autres années. Mes compagnons de jeu habituels m'agacent. Même Sandra, par moments. Je piaffe d'impatience. J'ai envie de reprendre mes recherches sur internet à Paris. Avec mon Smartphone, c'est pas pareil. C'est moins pratique. Et puis, je pense à mes potes. Jéjé et Denis avec qui j'étais si bien le mois dernier. Mélanie me manque aussi. Et Alice. J'ai envie de l'appeler, mais elle m'a demandé de ne pas le faire, pas de textos non plus. Ça laisse des traces. Évidemment, ça laisse des traces. Elle aussi, elle en a laissé dans mon cœur.

Je descends la Grande Rue qui mène jusqu'à la jetée. D'où je suis j'entends déjà le roulis des vagues. Je m'arrête à la Brasserie Saint-Pierre. J'entre et commande un demi pression. Je m'installe à une table sur laquelle traine un journal. Je le feuillette sans comprendre ce que je lis. Alors que je porte le verre de bière à ma bouche, mon téléphone se manifeste. C'est un numéro que je ne connais pas. Habituellement, je ne réponds jamais. On est suffisamment harcelés comme ça par la pub.

Là, je décroche.

— Olivier Moreau ? – Oui, c'est moi – Vous ne me connaissez pas, me dit une voix féminine, caractéristique du troisième âge. Mon nom est Monique Flavier. J'ai eu votre numéro sur une carte que vous avez laissé chez mon coiffeur, boulevard Cornuché. Je sais qui est votre père. Elle a dit *"je sais qui est votre père"* ! Mon sang passe au degré zéro. J'ai comme un tournis, une sorte de Carrousel à l'intérieur de mon crane. Je reste sans voix. Incapable de prononcer le moindre mot.

— Allô ? Vous êtes toujours là ? reprend la voix.

— Oui, je… excusez-moi, je suis là. Je vous écoute. D'où m'appelez vous ? Veuillez répéter, s'il vous plait.

Elle dit qu'elle appelle de Deauville. C'est la petite Betty qui la coiffe habituellement qui lui a parlé de moi. Vous êtes grand avec des cheveux longs bouclés, c'est ça ? Non, ça c'est Jérôme. Je me souviens, c'était son secteur, le boulevard Cornuché. Il a assez râlé pour ça, d'ailleurs.

— Pardon, Madame, mais qu'est-ce qui me prouve que ce n'est pas un canular ?

— Oh, jeune homme ! À mon âge, pensez donc…

— Désolé, mais je suis méfiant de nature. Que savez-vous exactement ?

— Moreau est le patronyme de votre maman. Vous êtes né de père inconnu, le 6 Juillet 2002, à l'Hôpital Saint Louis, à Paris 10° arrondissement. Vous avez été élevé en partie par vos grands-parents, Simone et René Moreau, à Saint-Jean de Thurac, près d'Agen.

— Qui êtes vous, Madame ?

— Monique Flavier. Avec mon époux, Georges, nous assurons l'entretien de la villa-bureau de Philippe Andrieux, dont vous êtes le fils, et de son associé.

Je connais votre histoire commune. Je lui ai parlé de la conversation chez le coiffeur. Il m'a chargé de vous joindre et de vous laisser son numéro de portable.

Je demande un stylo au barman et je note sur une marge du journal. Je relis à haute voix. C'est ça, dit-elle. Pourquoi ne m'appelle-t-il pas lui même, au fait, s'il vous plaît ? Il a préféré, justement pour que vous ne pensiez pas que c'était un canular du style *Dark Vador, je suis ton père* – C'est logique, ça se tient – Oui, c'est lui qui m'a noté tout ce que je viens de vous dire, afin d'accréditer le fait qu'il ne s'agit pas d'une mauvaise blague, précisément. Je dis : quand dois-je l'appeler ? Quand je veux ? OK. J'enregistre votre numéro, Madame Flavier, on ne sait jamais si j'ai besoin de vous joindre. Elle est d'accord. Merci encore. Je raccroche. J'ai juste envie de hurler un truc du genre Waouh ! Et de casser la table en mille morceaux. Mais, garçon bien élevé, je me retiens.

Alors, celle-là, c'est quand même la meilleure de l'année. Un mois de galère sans aucun résultat, même minime. Et là, un coup de téléphone, paf ! Bingo. C'est dingue. Mon premier réflexe, c'est d'appeler Jérôme, en Corse. Jéjé, c'est Oli. Tu sais pas quoi ? Devine. Tu te souviens le salon de coiffure, boulevard Cornuché, qu'on t'avait mis à perpète ? Et ben, mon pote, c'est toi qui a décroché le Jack Pot ! Attends, j't'explique.

Le Jéjé, il n'en revient pas. Je savais que j'étais le meilleur, dit-il en riant, mais pas à ce point là. Putain, mec ! C'est trop chanmé. On va arroser ça, rue Darboy, hein, mon salaud ? J'te fais la bise. Tiens moi au jus pour la suite, Oli. Tcho ! Et bonne chance, mon gars. Oui, souhaite-moi bonne chance, mon Jéjé. T'as raison. Maintenant, je suis complètement tourneboulé. Je ne sais plus si je dois me lever, rester assis, partir, ou rester. Faut que j'appelle Mamie, aussi. C'est en partie grâce à elle. Mais, que je ne m'emballe trop non plus. Il n'est pas encore devant moi, le patriarche. D'ailleurs, quand vais-je l'appeler ?

Pour commencer, je dois trouver le moyen de retourner à Deauville. J'ai regardé sur Google. D'où je suis, par le train c'est carrément la galère. Presque six heures de voyage. Merci bien. Il va falloir que je réfléchisse à la question. Un covoiturage en août, ça devrait pouvoir se trouver. Maintenant, le tout, c'est de faire digérer la nouvelle à Maman. Bien obligé, puisque je dois justifier mon départ de Ault pour Deauville. Dans un premier temps, je ne dis rien à personne. J'ai besoin de réfléchir et d'organiser ça. J'ai une envie de dingue de l'appeler, l'Andrieux en question. Oui, une envie de malade. Je voudrais tellement entendre sa voix. Mais, je ne vais pas le faire. D'abord, il faut que je tire des plans – tiens, y avait longtemps – sur la comète.

Quand j'arrive, Martin et Sandra sont à table et apparemment, le repas est déjà bien avancé. Maman est debout.

— Olivier, tu as vu l'heure ? Où étais-tu ? Impossible de te joindre, tu es toujours en messagerie. C'est pas un hôtel, ici. Assieds-toi, je te sers.

Je dis que je suis désolé, j'ai pas vu l'heure, m'man. C'est mes amis de camping qui m'ont appelés l'un et l'autre. D'où la messagerie. Sorry. Bon, la pilule est passée. Il paraît qu'on va au cinéma ce soir. Qui ? Ben, nous quatre, dit Maman. Elle croit que les Galtier y vont aussi. On verra bien. Les Galtier, ils ont les mômes les plus chiants du monde. J'espère qu'ils ne seront pas là. Le cinéma de Ault c'est quelque chose. Identique à ce qu'il était à son édification dans les années 60. On dit vintage, maintenant. Moi, je dis délabré. Mais c'est rigolo, très folklo et très mélangé touristes, gens du cru. On va voir quoi, au fait ? Un De Funès ? Vous z'en n'avez pas marre des De Funès ? Si, je vais venir, c'est pas la question. Mais, moi, le gendarme de Machinchose, j'en ai ras le bol. Ouais, bof, pas grave. J'ai mieux à penser. Oui, je vais venir. Faut pas que je vous alerte, pour l'instant, mes cocos.

*

La Monique Flavier, elle a dit : Sa villa bureau, son associé… et moi, comme un gland, j'ai pas demandé à quoi ça correspondait. Quel genre de boulot ? Et, c'est qui, l'associé ? Et pour quoi faire ? En plus, d'après ce que je comprends, il travaille à domicile. Ben, oui, villa bureau. C'est clair. Et moi, je demande rien. Quelle cruche. Pour ma défense, j'ai été tellement estomaqué par ce coup de téléphone, que j'en ai perdu tous mes moyens. Qu'est-ce qu'il peut faire comme taf, mon dabe ? La réponse, je l'aurai si je vais à Deauville, pas en restant ici.

Je regarde un peu le trajet, la distance et les différentes possibilités. Au départ de Ault, y a que dalle. Ça veut dire qu'il faut rejoindre Le Tréport pour trouver le meilleur transport, le moins cher et si possible le moins long. Par le train c'est carrément l'horreur, il faut plus de cinq heures. Et c'est pas donné. Le car, c'est encore pire. La distance Tréport/Deauville c'est 160 bornes. Si je trouvais un covoiturage de gare à gare, il y en aurait pour deux heures, environ. Correct. Ça me conviendrait. Pour le trajet Ault/Tréport, 12 km, je demanderai à Marie et Henri. Je ne pense pas qu'ils me refusent. Ça va leur prendre un quart d'heure, à tout casser. Sachant qu'ils ne peuvent pas se passer de moi, ça ne devrait pas leur poser de problèmes.

Je prends contact avec un covoit' sur une annonce. Il part mardi matin. Il peut me prendre à neuf heures devant la gare du Tréport. Oui, on ne s'ra que deux. Vingt huit euros ? Autrement dit, c'est moi qui paye tout, quoi. Au diable l'avarice, mais il va falloir que je fasse des emprunts, mes fonds sont en baisse. Pas grave, c'est secondaire. Sa caisse ? C'est une Peugeot 208 gris métallisé. Décidemment, je suis abonné au métal. Oui, c'est OK pour le prix. Et pour l'heure aussi. Allez, à plus. Enfin, à mardi.

*

C'est bien joli, tout ça. J'arrive à Deauville, je me déplace comment ? Et de la gare, je vais où ? À moins qu'il vienne me chercher lui même. Oui, je parle de mon père. Et je dors où, une fois sur place ? Il peut m'inviter à dormir chez lui, après tout. Je ne suis pas sûr d'accepter. Je veux qu'on se connaisse avant. Et puis, je ne sais pas à qui j'ai affaire réellement, en fait. Oui, Maman m'a mis la trouille, je l'avoue. Je n'ai pas les moyens de me payer un hôtel. Au camping, je... Le camping ! C'est ça l'idée. J'appelle Alice. Évidemment, j'appelle Alice. À condition qu'elle y soit encore. Elle avait dit, je resterai quelques jours supplémentaires. Ça veut dire combien ? Je vais l'appeler. J'en aurai le cœur net.

Le problème des vacances en famille, c'est qu'on a toujours quelqu'un sur le dos. Pas moyen de téléphoner tranquille. Obligé de m'enfermer dans les toilettes. Heureusement que, comme pour Cabrel, elles sont au fond du jardin. C'est la cabane à l'ancienne. La porte est percée d'un trou en forme de cœur. On se demande bien pourquoi. En tout cas, c'est pratique, on voit arriver l'éventuel intrus.

Mon cœur bat trois fois plus vite que le tempo de la sonnerie. J'espère qu'elle va répondre. Messagerie. Alice, c'est Olivier. Je sais que tu m'as demandé de ne pas t'appeler, mais c'est hyper important. J'ai retrouvé mon père. J'ai besoin de toi. Rappelle moi dès que possible. Bisous. Pourvu qu'elle n'ait pas quitté le camping. Quelques jours ? On n'est jamais que le 4 du mois. Reste à savoir combien de jours sont contenus dans "quelques".

*

— Maman, j'aurai besoin d'une avance sur mon argent de poche, s'il te plait.

— Je peux savoir pourquoi ?

— Il faut que je retourne à Deauville.

— C'est devenu une obsession. Qu'est-ce que tu vas faire de nouveau, que tu n'as pas déjà fait, Oli ?

— Andrieux, ça te dit quelque chose, m'man ?

Elle astiquait les meubles. Elle s'arrête net. Me fixe. Elle est devenue blême. Elle dit tu l'as retrouvé, alors. Oui, m'man, je l'ai retrouvé. Il m'attend. Il faut que j'y aille.

— Olivier, cette histoire me fatigue. J'en ai marre. Finalement, je préfère que tu le rencontres. De toute façon, je vois bien que tu es déterminé. Je te comprends, malgré tout. Pourtant, j'aurai voulu t'éviter ça. Quand tu sauras, quand tu comprendras, tu ne pourras rien me reprocher. Vas y, fais-le, mon fils. Je vais t'avancer cet argent.

*

Marie et Henri sont ravis de m'emmener à la gare du Tréport, du moment que ta mère est d'accord, m'ont-ils dit. Oui, on y sera à 9 heures, c'est vite fait, t'inquiète pas.

Alice ne m'a pas rappelé. Ça m'angoisse. J'ai décidé d'appeler Philippe Andrieux. Dans mon répertoire je tape P, comme Papa. Il me répond instantanément. Oui, c'est Olivier. Bon…bonjour. J'ai eu Madame Flavier au téléphone et… Oui, il sait. Je serai à Deauville mardi dans la journée, lui dis-je.

Le *Morny's Café* ? Je connais. C'est Place de Morny. Oui, je vois. Non, quelqu'un m'y conduira.

Onze heures et demie, mercredi ? D'accord. Livre ouvert sur la table. Bon, très bien. Oui, on devrait se trouver.

Il dit ce sera le plus beau jour de ma vie.

Je ne suis pas loin de penser que pour moi aussi.

Enfin, j'espère.

J'ai entendu sa voix. Je suis aux anges.

***

8

Alice m'a rappelé. Elle a récupéré mon message en sortant de la douche. Oui, c'est pour ça qu'elle n'a pas entendu la sonnerie. C'est géant, ce que tu m'apprends mon lapin ! Je suis tellement heureuse pour toi. Bien sûr, je viens te chercher à la gare. Non, ne t'inquiète pas, je n'ai que ça à faire. J'avais décidé de partir le jeudi 8. Mais, du coup, s'il faut rester pour t'aider, je reste. Tu sais, j'ai une location à l'année, ici. Je viens et je pars quand je veux. Je t'héberge, bien sûr. À moins que tu ne préfères dormir dans la Coccinelle… Ah, oui, y aura pas mes bras. Je suis d'accord. Moins confortable aussi, j'en suis persuadée. Donc ? Ben, donc, l'affaire est entendue. Tu arriveras vers onze heures ? Oui, à la gare. J'y serai. Bisous, mon lapin.

Lapin, lapin… je me sens plutôt pousser des ailes que des oreilles, en ce moment. Tout a l'air de s'enchaîner merveilleusement.

J'ai appelé Mélanie pour la tenir au courant des derniers événements. Bravo pour ton idée des cartes de visite. Ben, oui, c'est grâce à ça que Madame Flavier a pu me joindre. Donc, idée lumineuse. Mèl dit que, du coup, elle se la pète. Oui, je rejoins Deauville en covoiturage. Après ? C'est une amie qui vient me chercher à la gare. Elle m'héberge aussi, pourquoi ? Non, c'est juste une amie. Mais… j'te jure, Mèl, m'enfin… D'où elle sort cette meuf ? Une campeuse voisine avec qui on a sympathisé.

Oui, j'avais son 06, pourquoi ?

C'est confirmé, Mélanie est amoureuse de moi. Jalouse, donc amoureuse, c'est clair. Mais, je n'insiste pas d'avantage. Je préfère changer de conversation. Non, je ne sais pas quelle relation il y a entre Madame Flavier et mon père. Je sais juste qu'elle travaille pour lui et son associé, d'après ce que j'ai compris. Il a confiance en elle, certainement. Pour lui avoir confié tous ces détails sur moi, c'est sûr. J'en saurai plus quand je serai sur place, je suppose. Environ la soixantaine, à la voix. Il y a aussi Georges, son mari. Non, je ne sais pas ce qu'il fait. Mon père non plus. J'ai été léger sur le coup, je te l'accorde. Ben, tu sais, ce coup de téléphone, ça m'a tellement stupéfié. J'en suis toujours pas revenu.

Quel âge elle a l'autre meuf ? Quelle meuf ? Ah, celle du camping ? T'inquiète, elle pourrait être ma mère. Bon, ma Mèl, gros smackou. Je te laisse, faut aussi que j'appelle Denis, le troisième mousse. Oui, promis, je te tiens au jus pour la suite. À plus, tcho ! *Oh, my God ! Si tu savais, Mélanie... Dieu merci, tu ne sauras jamais. Alice c'est mon jardin secret. Mon jardin d'Éden.*

J'ai volontairement coupé court, je sentais que l'échange avec Mèl devenait glissant. Au retour, tout ça sera oublié. À moins que je ne rentre pas à Paris. Je sais, je suis encore en train de me faire un film. Tu parles ! Si ça se trouve ça va mal se passer entre lui et moi. Je vais prendre mes cliques et mes claques et rejoindre mes pénates. Franchement, plus les heures passent, plus j'ai les boules. Non, mais, allô, comme dirait machine, je vais voir mon père ! En vrai, en live. C'est pas hyper top, ça ? Je n'en peux plus. Je trépigne mentalement.

Papa, tu te rends compte : On va se voir et se parler au bout de dix-sept ans. C'est pas dingue, ça ?

*

Marie et Henri, tout contents de me rendre service, m'ont débarqué à la gare du Tréport. Mon driver est déjà là, dans sa Peugeot. Mais il n'est pas seul. Une femme et un homme occupent également le véhicule. Le mec se présente, Nicolas Jarvis. Genre la trentaine satisfaite, z'avez vu mon look ? Il dit, c'est un couple, dernière minute, c'était pas prévu. Ils resteront derrière. Je peux m'installer à l'avant. Oui, juste un petit sac à dos. Dans le coffre, d'accord.

Si le tarif est le même que le mien pour les deux du fond, le gus a bien rentabilisé son voyage. La bagnole est petite. On va vite manquer d'oxygène. Non, j'déconne. Mais je trouve que c'est gonflé de m'imposer de la compagnie, vu le tarif hors norme, à mon avis. Bon, j'm'en fous. L'essentiel c'est que j'arrive à bon port. J'ai une rencontre importante sur le feu. Faudrait pas que ça déborde. J'arrive à être joyeux, malgré tout. C'est fantastique. Je vais enfin atteindre mon but. Quoi qu'il se passe, je ne serai plus jamais dans l'expectative. Et ça, ça vaut de l'or.

Le paysage est beaucoup plus sympa qu'au départ de la capitale. Nous longeons la côte jusqu'à Dieppe. Après on s'enfonce à l'intérieur des terres jusqu'à Honfleur, où l'on retrouve la mer. Le voyage a été plutôt calme. Le gars derrière a dormi pratiquement tout le temps, sauf pour l'arrêt pipi. Elle bouquinait pendant ce temps là. Je me demande comment on peut faire ça. Moi, si je lis à l'arrière d'un véhicule, je vomis dans la minute qui suit. Du coup, je pense à Denis. J'ai laissé un message, je n'ai pas pu l'avoir en live. Je pense qu'il me rappellera. Le Jarvis ne fume pas, donc il interdit à ses passagers de cloper. Y a vraiment des mecs zarbis, sur terre. Pas grave, j'attendrai l'aire de repos. On y est. Juste le temps d'aller pisser et d'en fumer la moitié d'une, on repart.

Bon, allons-y. C'est lui qui a le volant. Moins sympa que Da Silva, quand même. On ne peut pas toujours bien tomber. J'espère ne pas faire le retour avec lui. Si toutefois retour il y a.

Je suis content d'arriver sur le parking de la gare. Déjà parce que, bonjour l'ambiance, dans la voiture. On se serait cru à un enterrement. Et surtout, j'ai vu la Coccinelle, de loin. Jarvis m'ouvre le coffre. Je récupère mon sac et lui serre la main. Oui, c'était parfait, parfait, très bien – tu parles, Charles – bon, passons. Je salue rapidement mes deux co-voyageurs. Alice est sortie de sa voiture. Elle me fait signe. Son visage s'éclaire. Elle me tend les bras. Je m'y blottis. Quel bonheur. Je retrouve ce discret parfum qui m'a tant charmé. Elle m'embrasse copain-copine – nous ne sommes pas seuls – et m'ouvre la portière droite. Elle prend sa place, me pose la main sur la cuisse gauche, comme une habitude, une sorte de code de reconnaissance. Elle démarre.

C'est avec une joie teintée d'amertume que je retrouve le décor du camp. Du chemin j'aperçois les piscines, le snack, la supérette. J'essaie d'évaluer l'endroit de l'emplacement de la tente des trois mousses, sans y parvenir. La Coccinelle prend sa place derrière le mobile-home. Nous y rentrons. Alice me dit qu'elle a prévu de quoi déjeuner sur place. Elle a ce qu'il faut. Y compris la bouteille de rosé dans le frigo. Ce soir, nous irons au snack, j'y ai toujours ma table, dit-elle. Oui, ça nous rappellera un joli moment pas si lointain. Je sens qu'elle est heureuse de me voir. Je le suis également. C'est inespéré. L'un et l'autre, on a toujours pensé qu'il s'agissait d'un moment fugace. Une sorte de photographie au flash. Genre coup de foudre au rabais. Dès que nous sommes installés, elle sort le Provence du frigo. Elle me tend la bouteille, avec un tire-bouchon. C'est le boulot de l'homme. Je suis d'accord. Je suis maladroit, je n'ai pas l'habitude, mais je m'en sors. Ça la fait sourire. D'un sourire plutôt bienveillant. Pas moqueur.

On trinque. Elle veut savoir comment ça s'est passé. Le coup de téléphone de la femme. Tout, quoi, raconte. Elle n'en revient pas non plus. Quelle chance ! Tu es content ? Le mot est faible. Et je flippe en même temps.

Elle dit qu'il n'y a pas de raison. Et puis, c'est normal. Ton père lui-même ne doit pas être totalement à l'aise. Elle ne comprend pas cette omerta de la famille, elle non plus. Tout comme moi, elle refait l'inventaire de situations qui auraient pu la générer. Tout comme moi, elle ne trouve pas. L'assassinat, peut-être, et encore. Si le gars t'a parlé au téléphone, c'est qu'il n'est pas en taule. Ou alors, il a payé sa dette, comme on dit. Ne te fais pas de soucis, Olivier, ça va bien se passer, tu verras. D'ailleurs, veux-tu que je t'accompagne ? Je ne sais pas, tu pourrais lui dire que je suis ton avocate. Non ? Bien sûr, je comprends que tu veuilles le rencontrer seul.

Nous nous mettons d'accord sur le processus. Elle m'accompagnera en centre ville, jusqu'au milieu de la rue Gambetta. Je tiens à arriver à pied, place de Morny. Elle restera dans le quartier. Il y a de quoi faire du lèche-vitrine. Elle trouvera bien de quoi déjeuner alentour. Comme ça, si tu as besoin de moi, tu me bipes et j'arrive, ça te va, mon lapin ?

Le lapin dit qu'il est d'accord.

On parle, on parle et on liquide le rosé. Elle a prévu la réserve, cette fois-ci. On n'y aura pas recours. Pour elle ? Non, pas de nouvelles d'Enzo. Mais, elle n'en attend plus. La seule chose qui soit sûre, c'est qu'elle ne remettra plus jamais les pieds dans ce camping. Elle y a trop de souvenirs avec lui. Six ans, ce n'est pas rien. Elle a toujours espéré qu'il divorcerait. Et en même temps, elle admettait qu'il ne le fasse pas. Oui, amoureuse, c'est ça. Complètement.

Elle va rentrer à Bordeaux. Elle se demande s'ils vont se croiser dans quelque commerce, quelque soirée.

Il y a des chances car ils ont beaucoup de relations en commun. Non, tous ne connaissent pas leur liaison. C'est mieux ainsi, dit-elle. Elle propose le café. La porte est restée ouverte. Elle ouvre aussi la fenêtre face à la table, à cause de la fumée de nos clopes. En même temps que le caoua, elle apporte un autre cendrier. Elle dit, après nous pourrions aller à la piscine, si tu veux ? Je dis que j'ai pensé à prendre un maillot, au cas où. Oui, c'est parfait. C'est ce qu'on fait. Une glace au snack vers 17 heures et nous rentrons. Ce n'est pas Sylviane qui nous a servi. Elle ne doit prendre son taf que le soir.

Le mobile-home est équipé de clim. Alice ferme porte et fenêtres. On va s'allonger un peu ? J'avoue que j'attendais ce moment. C'est avec fougue que nos corps se retrouvent. Puis, épuisés, l'un comme l'autre, nous nous endormons. Le soir arrive rapidement. Après la douche, direction le restaurant. C'est bien Sylviane qui nous sert, cette fois-ci. Elle a la décence, l'intelligence, de ne manifester aucune surprise en nous voyant ensemble à la place réservée d'Alice. Je lui en sais gré.

***

9

Il est onze heures quinze. Alice me dépose comme convenu à l'angle de la rue Mirabeau qui coupe en deux Gambetta. Ça veut dire que j'ai largement le temps de marcher vers la place de Morny. Je risque même d'être en avance. Je reste encore un peu avec elle dans la voiture. Elle est correctement garée. Je me sens mal. Elle le comprend et me réconforte. Tout va bien, Olivier, tout va bien. Tu as bien compris ? S'il y a quoi que ce soit, tu t'arranges pour t'isoler et tu m'appelles ou tu m'envoies un texto. Je surveillerai, ne t'inquiète pas. Quel bonheur qu'elle soit là. Comment aurai-je fait sans elle ? Et surtout, ça me rassure de savoir que je ne suis pas seul pour affronter cet événement hors du commun.

Je lui fais rapidement un bisou sur la joue et je sors de la voiture. Je suis sûr qu'elle me regarde marcher. Je ne me retourne pas. Je sens bien que ma démarche est fébrile. Pas habituelle, en tout cas. Je suis sur le trottoir de droite par rapport à la place de Morny. De loin, j'aperçois le store qui protège les deux terrasses du *Morny's Café.* Je ralentis imperceptiblement. Il me semble qu'une boule vient de prendre place dans mon ventre. J'ai décidé de traverser la rue de façon à avoir une vue panoramique sur l'extérieur de l'établissement. La terrasse de la brasserie, qui s'étale de part et d'autre de sa porte d'entrée, semble complète. Normal, à onze heures trente du matin en août, à Deauville.

J'ai le cœur qui bat à cent à l'heure, peut-être même un peu plus. Les jambes qui menacent de flancher. L'idée folle de faire demi-tour me traverse un instant l'esprit. Je me ressaisis. Si près du but, ce serait stupide. Je risquerais de le regretter toute ma vie.

Au téléphone, il m'a dit : « — Je serai à l'extérieur, assis en terrasse. J'aurai un livre ouvert posé à l'envers sur la table, à côté de ma consommation. Nous devrions nous reconnaître. Il a dit ça d'une voix calme, posée, grave, plutôt mélodieuse. De loin, je ne vois pas grand-chose. Il y a trop de monde. Si je m'approche, c'est lui qui va me voir le premier. Je suis sûr qu'il scrute la rue. Un ado de dix-sept ans, ça se remarque. Est-il aussi nerveux que moi ? La première chose que j'ai remarquée, c'est le livre ouvert, posé à côté d'un verre de bière. Il a compris tout de suite quand je me suis approché. Il m'a souri, a refermé le bouquin et m'a invité à m'asseoir. Il m'a proposé une consommation. J'ai pris une bière. Comme lui. Il a passé la commande. Nous sommes face à face. Je suis tétanisé. J'avais préparé mentalement un million de questions. À présent, je ne sais plus quoi dire. Lui non plus.

— C'est une drôle de situation, n'est-ce pas ? dit-il.

Je ne peux qu'approuver. Il ajoute je ne suis pas sûr d'avoir trouvé le meilleur endroit de Deauville pour parler tranquillement. Effectivement, la terrasse est bruyante. La double table à côté de nous est entourée de touristes exubérants. Ça parle et ça rit très fort. Je me risque. Je dis que je voudrais juste savoir pourquoi on ne se rencontre que maintenant. J'ai lancé ça comme une bouée de sauvetage. Je ne veux pas lui laisser croire qu'il a affaire à un débile. Je suis là pour tout te dire, Olivier. Ne rien te cacher. Il pose sa main sur la mienne et dit que c'est le plus beau jour de sa vie, quoi qu'il puisse advenir par la suite.

Il joue donc dans le même registre que Maman et Mamie. Le mystère. Je le lui dis. Tout ça me fatigue. Je ne suis plus un gamin et tout à fait apte à comprendre les choses de la vie.

— C'est la raison pour laquelle nous sommes ici aujourd'hui, Olivier. Pas de mystère. Une situation qui déborde du cadre ordinairement admis.

Je lui demande d'être plus clair. Il dit qu'il faut que je connaisse son mode de vie et les gens qui l'entourent. Le meilleur moyen c'est de venir chez lui pour s'en rendre compte. Il ajoute, Valéry sera ravi de faire ta connaissance, je lui ai tellement parlé de toi, je t'ai tellement évoqué Je ne me doutais pas que la proposition arriverait si vite. Mais, je savais qu'elle viendrait. Et qui est cette Valérie ?

—Tu… vous… êtes remarié. Des enfants ?

—Tu peux me tutoyer, tu sais. C'est difficile, je comprends, mais ça me ferait vraiment plaisir. Non, pas remarié, pas d'enfants. J'ai juste un fils. Et il est en face de moi en ce moment.

De nouveau, un silence s'abat entre nous. Nos voisins augmentent leurs décibels. Il m'observe. Je le détaille. Nous nous scannons. Il a une barbe très courte, rase, moustache comprise, comme beaucoup d'hommes de sa génération. Les cheveux blonds châtain coiffés-décoiffés. Sapé relativement classe. Chaussures et pantalon blancs. Chemisette bleu-marine ouverte sur torse bronzé. Poilu, mais pas trop. Les yeux sont bleu clair et décorés de légères pattes d'oies de chaque côté. Il porte au cou une chaine en or, avec une croix discrète. Visiblement, il attend que je réponde à sa proposition. J'en meurs d'envie. Pourtant, j'hésite. Tout ça à cause de ce silence entretenu savamment, assorti d'un danger de type "t'approche pas, ça mord". Mais, je suis ici pour savoir. Je lui dis que j'accepte.

Il faut juste que je prévienne quelqu'un. Un ami, oui, qui devait passer me prendre, au cas où.

Il ne me questionne aucunement sur ce qu'aurait pu être le *cas où*. Un large sourire illumine son visage. Je lui demande un instant pour me rendre aux toilettes. Il dit qu'il ne bouge pas. Je m'isole dans une petite pièce où trônent deux lavabos. Une jeune femme et un gamin se lavent les mains. J'appelle Alice qui me répond instantanément.

— Il veut qu'on aille chez lui. Non, pas plus rassuré que ça. Il a l'air d'un type franc et honnête. J'espère ne pas me tromper. Il y a trop de bruit où nous sommes. On ne peut pas parler. Et il dit qu'il faut que je connaisse son environnement, pour comprendre, alors…

— Olivier, vas-y si tu le sens. Écoute moi, je reste à Deauville jusqu'à ce que tu me rappelles pour me dire ce que je dois faire. Non, ne te fais pas de soucis, mon lapin. Je t'ai dit que je t'aiderai, je le ferai. Au minimum, avertis moi pour ce soir, si tu veux rentrer au camping ou pas. Bonne chance, Olivier, je sais que ça va bien se passer. Bisous.

Je reviens vers la table. Philippe Andrieux n'a pas bougé. Il m'interroge du regard.

— On y va, lui dis-je.

*

Il m'ouvre la portière d'un 4x4 Cherokee en me disant qu'il y en a pour cinq minutes, c'est à la sortie de la ville. Nous arrivons dans un quartier que je ne connais pas. Je comprends qu'on est dans un périmètre haut de gamme. Les villas qui défilent de chaque côté du véhicule en attestent. Pendant le trajet, il m'explique qu'il est architecte d'intérieur avec un associé. Je lui dis que si j'avais su ça, je n'aurai pas prospecté tous les coiffeurs de Deauville et Trouville à sa recherche. Je pense qu'il y a moins d'architectes que de coupeurs de cheveux en quatre. Il rit à la plaisanterie. Mais, me dit-il, ça aurait été bien plus compliqué, car en fait il y a pléthore d'architectes décorateurs. La région et le secteur s'y prêtent. On s'arrête devant un double portail bleu qu'il ouvre avec une télécommande. Il se gare sur la droite où un autre véhicule est déjà en stationnement. Nous descendons du Cherokee. Nous sommes dans un jardin. Une villa est à quelques mètres au bout d'une allée de granit rouge. Je remarque tout de suite la piscine en forme de S. Nous remontons l'allée en direction de l'habitation. Sur la partie gauche du jardin, on aperçoit un homme, chapeau de paille sur la tête et râteau à la main.

Philippe Andrieux s'arrête et lui fait signe.

— Bonjour Georges. Tout va bien ? Je ne vous dis pas avec qui je suis, je suppose que vous avez deviné ?

— Bonjour, Monsieur Philippe. Oui, je sais. Bonjour jeune homme, dit-il à mon adresse.

— C'est Georges, le jardinier, mari de Monique Flavier que tu as eue au téléphone. Viens, on nous attend.

« On » nous attend ? Qui sont ces on qui nous attendent ?

Je suis de plus en plus intrigué. Nous montons quatre marches pour arriver sur un perron.

Il pousse la porte, me fait passer devant. Nous sommes dans un couloir qui dessert plusieurs pièces dont une au bout, qui semble être un salon. J'entends et j'aperçois quelqu'un qui joue du piano. Une double porte entre ouverte, à vitres en verre dépoli, m'empêche de voir nettement la personne. À notre entrée, le piano s'arrête et l'homme qui jouait se lève. Il est costaud, brun, cheveux très courts, barbe rase également. Une allure de bucheron. Il est souriant.

— Je te présente Valéry Astier. Valéry, je pense que tu as compris qui est avec moi. Bien sûr, c'est Olivier.

Ah, d'accord. Moi j'avais compris Valérie féminin. Bon, pas grave, y a méprise. Ça doit être l'associé. Une femme d'une soixantaine d'années, cheveux gris blancs relevés en chignon, entre à son tour par la porte fenêtre donnant sur une terrasse.

— Et voici Monique Flavier, que tu connais déjà par téléphone, me dit Philippe.

J'avoue que je suis un peu déboussolé. Je m'attendais plus ou moins à un truc zarbi, genre film d'épouvante, ou Le Parrain. Mais tous ces gens ont l'air parfaitement normaux. De plus l'environnement et le décor sont plutôt sympas.

La femme s'avance vers moi.

— Bonjour, Monsieur Olivier. Vous voyez que je ne vous ai pas fait de blague au téléphone, dit-elle en riant.

Les deux hommes rient avec elle. En ce qui me concerne, je suis plutôt mi figue, mi raisin. Je ne comprends pas tout à fait ce qui se passe. Elle dit qu'elle a mis le couvert sur la terrasse, vu le beau temps. Est-ce qu'elle a bien fait, demande-t-elle. Les deux hommes approuvent. Elle me regarde. Je fais un léger signe d'acquiescement. Je ne vois pas pourquoi je donnerai mon avis. Je ne fais pas partie de la maisonnée, que je sache. En tout cas, pas encore. Peut-être jamais, après tout.

Philippe me dit je vais te faire voir l'atelier. Il m'entraine par une légère pression sur l'épaule. L'autre homme nous suit. Nous sommes dans une pièce assez grande dont une partie est sous verrière. Il y a plusieurs ordinateurs posés sur différentes tables à dessin mises à plat. Des maquettes d'intérieur d'appartement, mais aussi de commerces. Dont un salon de coiffure. La boucle est bouclée, me dis-je. D'autres planches obliques comportent des plans ou des perspectives de bâtiments. Je retrouve mon univers estudiantin. Sauf qu'ici, il règne un joyeux fouillis. Quelque pots de peinture semblent abandonnés sur le sol carrelé.

— C'est ici que nous travaillons, Valéry et moi, dit Philippe. Soit sur des chantiers communs, soit chacun sur le sien. Ça dépend des commandes. Il ajoute : Je propose que nous passions à table, à présent.

Personne ne m'a demandé si je voulais déjeuner sur place, mais puisque j'y suis. Et puis, j'espère qu'autour de la table j'en apprendrai plus. Nous nous installons donc sur la terrasse. Un énorme parasol rectangulaire protège la table du soleil. C'est Madame Flavier qui fait le service. Elle et son mari étaient gardiens de cette propriété qui appartenait à des parisiens, me renseigne Philippe. Ceux-ci n'y venaient qu'épisodiquement dans l'année. Le couple était chargé de l'entretien hors périodes de vacances. Ils habitent une maison derrière la villa à une centaine de mètres. Lorsque nous avons acheté, Valéry et moi, il y a six ans, nous leur avons proposé de rester à notre service. Georges s'occupe essentiellement du jardin et de divers bricolages, de la piscine également. Monique a accepté d'ajouter la fonction de cuisinière à ses prérogatives ménagères. Valéry et moi sommes nuls en cuisine.

Par ailleurs, notre job a pris un essor inespéré, ces dernières années. Ce qui nous laisse peu de temps et compense la galère que nous avons vécue en arrivant ici.

Au fur et à mesure que cet homme qui est mon père, explique sa situation par le menu, un énorme doute s'immisce en moi. Un peu comme si je faisais de la plongée sous-marine par paliers de décompression. Je ne suis pas sûr, mais je commence à croire que je ne suis pas loin de comprendre. Oui, je sais, c'est tordu. Mais c'est exactement ce que je ressens.

Le repas est délicieux. On a commencé par un assortiment de crustacés. Puis, des pavés de saumon en papillote. Un régal. Un rosé de Provence de premier plan accompagne le tout. Je me décide à poser une question.

— Donc, ici c'est aussi votre bureau et votre siège social ? C'est là où vous travaillez tous les deux ?

— C'est bien ça, Olivier. Tu as compris.

— Par contre, qui habite sur place ?

Il attendait la question, c'est clair. Un court silence.

— Tous les deux. On habite sur place, tous les deux.

Je suis statufié. Je viens de comprendre. Ces deux hommes ne sont pas qu'associés pour le taf.

Ils sont en couple.

***

10

Comme quelqu'un qui se sent mourir voit défiler sa vie à toute vitesse, des sons et des images me remontent. J'entends les avertissements de Maman, *c'est pour te protéger, c'est pour ton bien,* etc, etc…Je vois la tête de Mamie, gênée de ne pas pouvoir m'en dire plus. Et puis, j'entends les disputes qu'elle avait avec Papy René. Les mots qu'il disait comme *le gamin porte mon nom. Hors de question que le pédé cherche à le voir.* Mamie qui disait *tu n'es pas juste, René, tu n'es pas juste, c'est son fils.*

Mélangé à d'autres chamailleries, pour d'autres raisons comme le tabac, je ne comprenais pas tout ce que j'entendais. Trop jeune. Et puis, je me fichais de leurs escarmouches, aussi courtes que violentes. J'étais habitué. Dans ma chambre à lire mes bandes dessinées ou à écouter de la musique, le monde pouvait bien s'écrouler autour de moi. Le reste du temps, ils étaient amoureux et tenaient l'un à l'autre, sans conteste. Et ils m'aimaient. C'est bien aujourd'hui que le monde s'écroule pour moi. J'avoue que je m'attendais à tout, sauf à ça. Ma liste de possibilités répulsives ne tenait pas compte de ce genre de situation.

Après le dessert, Madame Flavier apporte un plateau sur lequel sont posés un sucrier, trois tasses et une cafetière italienne. Elle sert le café aux deux hommes en premier et me demande si j'en désire un. Je réponds par l'affirmative.

Depuis que j'ai compris avec stupeur le contexte, aucun de nous trois n'a ouvert la bouche. Valéry avale très rapidement le contenu de sa tasse, se lève et dit qu'il doit nous laisser, il faut qu'il soit sur le chantier de Désiré Le Hoc à quatorze heures. Il me tend la main et me dit à bientôt, j'espère. Je la lui serre sans rien répondre. Madame Flavier revient et dit, en regardant Philippe, qu'elle va débarrasser. Que, si nous voulons, nous pouvons passer dans le bureau. Je comprends que tout est calculé d'avance. Mon père veut me parler seul à seul. Je n'ai pas terminé mon café. Je sors mon paquet de Marlboro et en extrais une clope que je m'apprête à mettre en bouche. Je stoppe mon geste à mi parcours et me tournant vers Philippe, je dis : Je peux ?

— Personne ne fume ici. Mais, nous sommes à l'extérieur, donc je n'y vois pas d'inconvénient.

Madame Flavier dit qu'elle va trouver de quoi faire office de cendrier. Je lui dis que c'est inutile. Je remets la tige dans son étui. Philippe se lève et m'invite à le suivre. Nous arrivons dans une petite pièce. Trois des quatre murs comportent des étagères remplies de livres. Un bureau derrière lequel une chaise capitonnée style Régence, tient sa place. Deux fauteuils de même facture sont posés devant. Mon père me désigne l'un des deux et prend place sur l'autre, à côté de moi. Nous sommes proches l'un de l'autre. Il a un visage grave, mais serein. Je suppose que, pour lui aussi, l'heure H a sonné. Il se tourne vers moi.

— Olivier, je te l'ai dit, tu vas tout savoir de notre histoire. Je parle de toi et de moi. Je vais tout t'expliquer, sans rien omettre, sans langue de bois, ni détours. Quand tu m'auras entendu, tu décideras de la suite à donner à notre relation. Tu es tout à fait libre d'y renoncer. Je comprendrai. Il est clair que tu as parfaitement saisi dans quel contexte je vis. C'est la raison pour laquelle je tenais absolument à ce que tu viennes ici.

Il m'explique qu'il a connu Maman au lycée. Au départ, elle n'est rien d'autre que Colette Moreau, une copine, un flirt. Après la terminale, ils ont continué à se fréquenter. De son côté, il a passé un CAP de coiffure. L'ayant obtenu, il a été pris en stage chez Jacques de Closets, surnommé le coiffeur des stars, rue Taitbout dans le 9ème arrondissement. Il y est resté jusqu'en 1999. Jacques de Closets est mort dix ans plus tard. C'est lui qui lui a vraiment appris son métier.

*

J'écoute cet homme qui me raconte sa vie. Je suis attentif comme dans un roman policier. Quel est l'indice qui va me permettre de comprendre pourquoi je suis là aujourd'hui. Et pourquoi il n'était pas là hier. Il poursuit.

*

Expérience acquise, il décide d'ouvrir son propre salon. Il prend la suite d'un coiffeur proche de la retraite. Il fréquente toujours Colette Moreau. Il lui propose de travailler avec lui. Elle est emballée par l'idée et décide de passer son CAP de coiffure en alternance. En attendant son obtention, elle pourra toujours faire les shampoings et s'occuper du nettoyage du salon. Ensemble, ils rafraichissent le décor du local, font repeindre la façade. Ils inaugurent le commerce à l'aube de l'an 2000. La clientèle augmente rapidement. Colette est souriante avec les clients et ravie de travailler avec l'homme qu'elle aime. Ils sont amoureux.

Ils font des projets d'avenir. De mariage aussi, oui, mais pas tout de suite. Le temps de se stabiliser financièrement. Ils veulent des enfants. Surtout lui. Il rêve d'avoir un fils à ses côtés. Colette a vingt ans et vit encore chez ses parents, rue Rampal. Sa sœur, Gabrielle, est en école de comptabilité à Lyon. Philippe et elle se sont rencontrés une fois, lors d'un week-end. Les parents l'avaient invités à déjeuner.

Il a un studio proche du salon. Colette y demeure avec lui de plus en plus souvent. Ils sont jeunes, amoureux et se moquent du manque de confort flagrant.

*

Maman coiffeuse ? Elle est bien bonne, celle-là. J'ignorais complètement. Elle s'est bien gardée de m'en parler. Je comprends pourquoi, à présent. Mamie à mettre dans le même sac. Quant à Gab, j'ai un doute. Le savait-elle ? Avait-elle aussi des instructions pour ne rien dire ? Je ne manquerai pas de lui poser la question.

Colette décide de vivre complètement avec celui qui lui a promis de l'épouser. Ils sont heureux. Philippe me précise qu'il est amoureux fou de ma mère et qu'il veut réellement fonder un foyer. Fin octobre 2001, Colette lui apprend qu'elle est enceinte. Il exulte. Il dit qu'il va chercher un appartement plus grand. Avec le bébé, le studio, ça n'ira pas. Entre temps, me dit-il, les parents de Colette, tes grands-parents, ont décidé de se retirer en province, où ton grand-père a obtenu, après moult démarches, un poste de tourneur-repousseur en sidérurgie. Ses états de service parisiens l'ont amplement favorisés. Ils proposent donc à ta Maman et à moi-même, de reprendre la location de la rue Rampal. Ce que nous acceptons avec joie.

Papa a donc vécu aussi rue Rampal ? Dans cet appartement où j'ai rêvé de lui pratiquement toutes les nuits ?

Mon téléphone m'indique que j'ai reçu un texto. Je demande un instant à mon père – j'ai du mal à employer ce vocable, désormais, même en pensée – le temps de le consulter. Il acquiesce. C'est Alice. Elle a juste tapé *tvb ?* Je dis à Philippe que je dois répondre avant qu'il poursuive. Ce sera rapide. Je dis à Alice que tout va bien, qu'elle m'attende encore, je ne sais pas ce que je vais faire, mais je pense rentrer avec elle. Elle inscrit juste *OK.* Je range mon Smartphone et me tourne vers mon géniteur. Il comprend qu'il doit reprendre.

Colette et lui, s'installent donc rue Rampal, environ un mois et demi plus tard. Ils sont heureux. Le salon se situe rue des Pyrénées. Ils n'ont pas de voiture. Ils prennent un bus qui les amène à quelques mètres de leur lieu de travail. Ils pourraient monter à pied la rue de Belleville, mais il a peur que ça fatigue Maman dans son nouvel état. La naissance est prévue pour le début du mois de juillet. Il a dit à Colette qu'il la remplacera au salon, quelques semaines avant terme. Elle dit qu'on n'en est pas encore là et qu'elle se sent de continuer à travailler.

Plus il avance dans son récit et moins je devine ce qui a pu se passer pour qu'il parte un mois après ma naissance. Je lui fais part de mon questionnement.

— Je comprends, me dit-il. J'imagine ton impatience et ta curiosité, surtout, de savoir ce qu'il a pu se passer pour que je disparaisse sans plus jamais te donner de nouvelles. Mais, je suis obligé de passer par tous ces détails pour que tu comprennes réellement ce qui a généré cette situation.

Je regarde avec une certaine bienveillance, malgré tout, cet homme qui se livre totalement. Se met à nu.

Il s'arrête de parler. Laisse le silence se prolonger. Il a bien fait, j'en avais envie aussi. Comme pour prendre le temps d'assimiler les informations. Son histoire, celle de Maman. Et la mienne, forcément. On se regarde. J'essaie de rentrer en lui. Une partie du sang qui coule dans mes veines lui appartient. Qu'avons nous d'autre en commun ? Je regarde autour de moi. Il y a des tableaux sur les murs sans étagères. Je reconnais un Bernard Buffet ainsi que ce peintre américain que j'adore, Edward Hopper. Je me dis que nous avons les mêmes goûts en peinture, c'est toujours ça. J'ignore si les toiles sont authentiques. Mais peu importe, après tout. Des objets sculptés sur certains rayonnages entre les livres. Une photo encadrée de lui et Valery. Une plus petite juste à côté.

Je l'examine de plus près. C'est une photo de moi. Je dois avoir quatre ou cinq ans, à tout casser. Je me lève, la prends en main. Il me laisse faire. Je me rassois, regarde de nouveau la photo.

— C'est ta grand-mère qui me l'a donnée. Je t'expliquerai où, quand et comment, dans la suite de mon récit. Puis-je continuer ?

Je lui dis que oui. Il reprend.

Tout se passait pour le mieux entre le salon de coiffure et l'appartement de la rue Rampal. Ils étaient heureux. Le ventre de Colette s'arrondissait de jour en jour. Elle continuait à tenir son rôle. Elle disait dommage que papa et maman s'en aillent en province, ils auraient pu garder le bébé. Lui pensait que c'était mieux qu'il soit élevé par sa mère. L'un et l'autre savaient qu'ils avaient encore quelques mois pour y penser. Lorsque l'échographie a déterminé le sexe du bébé, Philippe est devenu fou de joie. Son rêve secret se réalisait.

Ainsi, chacun de notre côté, nous avions le même désir. Lui voulait un fils et moi un père. Les deux rêves se sont brisés

***

11

 L'après-midi tire à sa fin. Nous sommes lui et moi, chacun en attente. Moi, de ses mots. Lui, de mes réactions. Il s'arrête de parler à nouveau, se lève et se dirige vers un frigo table-top que je n'avais pas remarqué derrière le bureau. Il l'ouvre et me demande si j'ai soif. En souriant, il me dit qu'à force de parler, seule une bonne bière pourrait étancher la sienne. Je lui dis que je veux bien aussi. Il prélève deux canettes et m'en tend une. Il dit qu'il va demander à Madame Flavier qu'elle nous apporte des verres. Je lui dis que pour moi, c'est inutile. Après avoir déclipsé l'opercule, je commence à boire directement à la canette. Il me dit OK et en fait autant.

 Je suis partagé entre le désir de connaître la suite de son récit et celui d'appeler Alice qui doit trouver le temps long. Je jette discrètement un œil sur ma montre. Il est 17 heures 30. Je lui laisse encore une demi-heure pour en arriver aux faits précis. Comme s'il m'avait deviné, il pose sa bière sur le bureau et reprend.

*

Il précise qu'à partir de ce qu'il vient de me raconter, il va être obligé de faire un retour en arrière sur ses années de lycée. Il est indispensable, dit-il, que je comprenne quel genre d'ado il était.

Bien, si tu le dis, Papa, je t'écoute.

À partir de sa puberté, les choses ne sont pas très claires dans sa tête et du coup, dans sa libido. Il est très tactile et très taquin avec ses camarades des deux sexes. Il n'est pas conscient de cet état de fait. Un peu plus tard, il s'en amuse. Il se dit qu'il doit être plus ou moins bisexuel, ou quelque chose comme ça. Il sort beaucoup, à cette époque là. Dans des boites plus ou moins farfelues. Et il picole pas mal. Au cours de ces soirées arrosées, des attouchements équivoques ont lieu entre les jeunes, sans distinction de sexe. Les danses plus ou moins frénétiques s'y prêtent. Le mélange des genres ne pose de problème à personne.

Pas un seul jour, pas une seule minute, Philippe ne croit qu'il est homo. Il s'amuse, c'est tout. Il fréquente beaucoup de filles et en change aussi souvent que de chemise. Jusqu'à la révélation d'une véritable histoire d'amour entre lui et Colette. À partir de cet instant, il s'assagit. Sort de moins en moins. Sinon avec elle et dans d'autres endroits. Il a toujours admiré la beauté, aussi bien chez les femmes, que chez les hommes. Il aime voir le beau. Amateur de peinture et de dessin, il admire les maitres en la matière. Ce qui est beau est beau et n'est pas sexué. Bref, il se calme sur les sorties et les beuveries qui vont de pair. Il décide de se consacrer à son avenir. Il a tout en mains. Un bon métier, une jolie femme qui l'aime et bientôt un enfant. Que demander de plus, à part la lune peut-être. Mais, il la laisse aux poètes, ce qu'il n'est pas.

*

On frappe à la porte du bureau. Madame Flavier passe la tête et dit à Philippe qu'elle s'en va, s'il n'a plus besoin de rien. Il confirme qu'elle peut et lui dit à demain et bonne soirée. Elle se tourne vers moi, dit qu'elle a été ravie de faire ma connaissance. En me levant, par politesse, je réponds que moi également. Elle referme la porte.

Philippe finit sa bière et reprend.

Il en revient au salon de coiffure. Colette et lui décident qu'elle arrêtera de travailler fin mai. Philippe trouve une jeune stagiaire qui la remplacera. Elle a dix-sept ans et s'appelle Sophie. Tout se passe plutôt bien et il envisage de lui signer un CDD de six mois pour commencer. Si tout va bien et que Colette ne reprend pas sa place, il le transformera en CDI. La jeune fille est enchantée et plutôt d'accord, d'autant qu'elle habite le quartier.

Alors que Colette ne vient plus au salon, un après-midi, un homme entre et demande s'il faut prendre rendez-vous pour une coupe. Philippe lui dit que c'est le cas généralement, mais que par le plus grand des hasards, il reste un créneau libre avant le prochain client. S'il veut, on peut le prendre tout de suite. Il accepte. Sophie s'occupe de lui faire son shampoing et commence, volubile, à discuter avec lui. Il trouve la jeune fille très drôle et prend plaisir à rire avec elle. Une fois rincé, elle le fait passer sur un des deux fauteuils placés devant des miroirs.

À partir du moment où j'ai entrepris la coupe de cet homme, poursuit Philippe, et après lui avoir demandé ses souhaits, une émotion étrange m'a envahie. Tout me semblait bizarre. Je m'écoutais parler sans reconnaître ma voix. Le simple fait de lui toucher la tête me troublait. Je ne comprenais pas ce qui se passait. Il parlait beaucoup, expliquant qu'il était nouveau dans le quartier. Il prévoyait de s'installer comme décorateur d'appartement, le quartier des Buttes-Chaumont tout proche, s'y prêtait.

Il disait je vais vous laisser des cartes de visite, si vous voulez bien, pour me faire connaître de vos clients. Voyant que je ne répondais pas, il a dû répéter sa question. Bien sûr, j'ai accepté. Sophie était à côté de nous et me regardait travailler. Alors qu'habituellement, j'étais plutôt heureux de l'instruire, sa présence m'ennuyait. J'aurai voulu être seul avec lui.

À ce stade du récit, mon père s'arrête. Me regarde. Il a le visage moite. Il transpire. Il me fait pitié, car je sens qu'il a décidé de n'omettre aucun détail. Il veut que je comprenne. Il veut que je sache. Je suis, également en attente de la vérité. Il continue.

Le soir même, poursuit-il, j'étais heureux de retrouver Colette. Je m'inquiétais pour elle et le bébé. Elle me rassurait. Tout va bien, futur papa, disait-elle en riant. Nous étions vraiment heureux. Elle me demandait comment ça se passait au salon ? Est-ce que le jeune fille était efficace, etc, etc… Je lui racontais la journée. Y compris la visite de ce nouveau voisin. Évidemment, j'occultai complètement le trouble que m'avait causé sa présence. Le lendemain, j'avais oublié l'incident. Il est repassé en disant je vous ai apporté des cartes de visite. Je les ai prises et disposées à côté de chaque lavabo ainsi que sur la caisse. Une fois encore, j'étais entre deux rendez-vous. Nous avons discuté un peu de tout et de rien. Lorsque mon client est arrivé, il a pris congé et a dit à bientôt. Il passait un peu tous les jours. De temps en temps, à la fermeture, nous allions prendre un verre dans un petit bistrot tout proche du salon. Je prenais vraiment plaisir à ces instants, relativement courts mais intenses. Je ne me posais aucune question. Et, ensuite, j'étais heureux de retrouver la maman de mon futur fils. Petit à petit, cet homme est devenu mon ami. Une sorte de copain avec qui j'aimais parler et passer du temps. Juste un peu avant ta naissance, il m'a proposé de refaire la déco du salon. Il ne me facturait rien. J'avais juste à acheter le matériel qui ne serait pas très onéreux.

Il disait ça me fera de la pub dans le quartier. Tu pourras dire que c'est moi qui l'ai réalisée. Oui, on se tutoyait, devenus réellement amis. J'en ai parlé à ta maman. Elle m'a dit fais-le si tu estimes que ça vaut le coup. Valery m'avait précisé que je devrais fermer au moins une semaine entre l'installation et l'évacuation des odeurs de colle et de peinture. Comme nous étions fin juin et que le quartier se vidait pour les vacances, j'ai accepté Vu qu'il ne prenait aucune rémunération, Colette m'a suggéré de l'inviter à diner. Nous l'avons reçu à trois reprises, le soir. Il avait dit pour l'accouchement, je suis à votre disposition, j'ai une voiture, je pourrai vous emmener à l'hôpital, le moment venu. J'étais ravi. Colette beaucoup moins. Après la deuxième invitation, quand nous nous sommes retrouvés tous les deux, elle m'a dit je ne sais pas pourquoi, mais je n'aime pas ce type. J'ai essayé de la raisonner. Il nous rend service tout en essayant de se faire connaître, c'est plutôt sympa, non ? Elle n'était pas convaincue.

Je retrouve bien Maman, méfiante et sceptique en tout. Essayant de comprendre où était le coup fourré. Son portrait craché.

Bref, reprend Philippe, j'allais tous les jours au salon, toujours fermé, pour donner un coup de main à l'artiste. J'aimais beaucoup son travail, ses idées novatrices. J'étais emballé par cette profession. Cette vocation, presque. Le local changeait d'allure de jour en jour. Valéry et moi devenions de plus en plus intimes. Tapes dans le dos et rigolades à n'en plus finir. J'étais aussi de plus en plus sous le charme, je dois le dire. J'avais de l'admiration pour cet homme. Nous nous sentions en totale osmose. À tel point que certains gestes anodins, courants chez des amis très proches, prenaient dans mon esprit des proportions inattendues. Au cours de ces quelques jours de travaux, des attitudes plus précises, des embrassades en arrivant et en partant, faisaient qu'on aurait pu croire deux frères ou deux amis d'enfance. Nous étions indubitablement attirés l'un par l'autre.

Je te précise une fois encore, Olivier, que je restais follement amoureux de ta mère. C'est avec une grande joie que je la retrouvais chaque soir. Une fois à l'appartement, c'était un autre moi qui vivait. Et qui vivait différemment.

Et puis, le 6 juillet est arrivé et toi avec. Valéry a tenu sa promesse et nous a conduits à la maternité. L'accouchement s'est bien passé. Ta maman est restée hospitalisée trois jours et après mes visites quotidiennes, Valéry a assuré le retour au bercail. Les parents de Colette sont venus de leur province Agenaise pour voir le bébé et ont occupé une des deux chambres de leur ancien appartement. Ils comptaient rester une semaine à Paris.

Pendant ce temps-là, Valéry et moi avions entrepris de peaufiner les derniers détails pour la réouverture prochaine. Les vitres de la façade étaient badigeonnées au blanc de Meudon, de façon à ce que du dehors on ne voit pas l'intérieur. L'inverse était vrai aussi. Nous ne voyions rien de la rue et de la circulation. Et c'est ainsi que, rentrant sans avoir prévenu de son passage, ta mère nous a trouvés collés l'un à l'autre, enlacés, bouche contre bouche. Son premier réflexe a été un cri d'effroi. Les yeux exorbités, elle restait là, statufiée. Comme nous deux, d'ailleurs. La surprise fut générale.

Je fus le premier à réagir. En lui bafouillant la formule vaudevillesque, ce n'est pas ce que tu crois, c'est juste une blague, on s'amusait. Rien n'y fit. J'eus le réflexe de lui demander où était le bébé. Elle m'a répondu ce sont mes parents qui s'en occupent. Et je crois bien qu'ils vont continuer, disait-elle, cet enfant n'a plus de père ! J'eus beau essayer de la retenir, de lui redire que ce n'était rien, que ça ne prêtait pas à conséquence. Elle m'a juste dit je rentre et je t'attends à la maison pour régler ça. Valéry a voulu temporiser, elle l'a carrément jeté.

*

D'un coup je réalise les raisons profondes et les réticences de Maman. Bien sûr que je comprends. Elle a évidemment pensé à moi et uniquement à moi avant tout, dans cette histoire. Elle a raison, je ne vais pas pouvoir lui en vouloir.

*

Philippe s'est de nouveau arrêté de parler. Il ne me regarde pas. Il fixe un point imaginaire, droit devant lui. Il est clair qu'il attend que je me manifeste. Je le regarde. Son visage luit davantage que précédemment. Il se tient les mains qui sont posées sur son ventre. Je ne sais pas quoi dire. Je voulais savoir, je sais. Je n'ai aucune réaction. Ni positive, ni négative. Je ne suis même pas perturbé car je m'attendais plus ou moins à quelque chose de ce genre. Enfin, je crois. Je ne sais plus. Je suis comme prostré dans ce fauteuil. Je reste muet. Le temps paraît suspendu. Je comprends qu'à présent, c'est à moi de parler. C'est logique. Je commence à cogiter pour savoir comment je vais m'en sortir. Rien ne vient. Je me sens ridicule. Il faut que je réagisse. Je me lève et la seule chose que je trouve à dire c'est : « —Est-ce qu'on pourra me raccompagner en ville ? Il se lève également et me dit, bien sûr, je vais te ramener. Je sens qu'il voudrait que je dise autre chose. Nous sommes désormais face à face. Je regarde cet homme qui a hanté mes rêves depuis des années. Il est là, devant moi. C'est mon père. Et je ne l'ai toujours pas retrouvé.

Je dis : « — Mon amie m'attend rue Gambetta et doit s'inquiéter. Si c'est possible, j'aimerais revenir demain. J'ai trop de questions en suspens et je souhaiterais que nous en parlions. Son visage s'éclaire. Il me dit je te propose de nous retrouver au même endroit que ce matin, à la même heure. Je lui dis que ça me va. Nous sortons et rejoignons le Cherokee.

Je n'ai pas une seule fois utilisé le tutoiement ni prononcé le mot Papa.

12

En réponse à mon texto, Alice m'indique qu'elle est garée au même emplacement que ce matin à quelques mètres près. Je demande à Philippe de me laisser sur Gambetta au croisement de deux rues. Il s'arrête en double file à côté d'un magasin qui inonde cette portion de trottoir de ses néons clignotants. Je ne descends pas tout de suite du véhicule. Pendant quelques secondes, ni l'un, ni l'autre ne bouge, ne parle. Comme synchronisés, nos visages se tournent soudain l'un vers l'autre. Il a un sourire triste. Il dit à demain, Olivier. J'ouvre la portière, le regarde encore avant de sortir. Je dis OK, à demain. Sans rien ajouter d'autre. Il démarre. Je suis seul devant ce magasin qui me fusille à bout portant de couleurs énervées. Je reste immobile. Comme si je devais retrouver mon souffle après une course. Là, c'est mon cerveau qui a couru. Il a besoin de se reprendre. J'aperçois la Coccinelle. Alice vient d'allumer les feux de détresse pour me signaler sa présence. Je ne peux pas m'empêcher de penser que détresse est le statut qui me convient le mieux.

Elle tend le bras pour débloquer la portière droite. Je termine la manœuvre en tirant la poignée vers moi et prends place à côté d'elle. Elle ne démarre pas immédiatement. Elle me regarde. Je fonds en larmes. Elle me laisse pleurer un moment et se penche vers moi.

Me prend par le cou. Me caresse les cheveux. M'embrasse. Elle dit rentrons, tu me parleras si tu en as envie. Seulement si tu en as envie. Je lui fais signe que oui, de la tête. La voiture sort de son stationnement. Le silence reste de mise pendant le trajet. Je lui demande si je peux fumer. Elle dit que je n'ai pas besoin de demander. J'allume une clope que je lui tends. Elle l'accepte. J'en allume une autre pour moi. J'appuie sur le bouton play du lecteur de CD. La musique m'agace. J'éteins. Elle ne dit rien, me laisse faire. Comme la veille, nous passons l'entrée du camping. Comme la veille, la Coccinelle reprend sa place derrière le mobile-home. Elle rentre la première. Je m'assieds à cette table ronde qui m'est devenue familière. Avant de me rejoindre, elle sort un bac à glaçons du réfrigérateur. En vide le contenu dans un petit seau transparent.

Elle apporte deux verres dans lesquels elle distribue les cubes de glace. Elle verse une dose de whisky dans chacun. Nous commençons à boire. Aucun mot n'a encore été prononcé depuis notre arrivée. Elle approche sa chaise de la mienne. Vraiment tout près. Me pose le bras sur les épaules. Elle m'embrasse sur la joue. J'ai l'impression que l'alcool me fait du bien à l'âme. Je commence à raconter. Alice m'écoute, attentive. Elle ne m'interrompt pas. Me laisse aller. Je parle ainsi pendant de longues minutes. Lui explique que je ne suis pas choqué par ce couple d'hommes qui a voulu faire sa vie ensemble. Chacun fait ce qu'il veut de la sienne. J'ai toujours été tolérant. Chacun a le droit d'avoir son orientation sexuelle, sans que quiconque ne s'en mêle ou ne s'en offusque. La seule chose qui me perturbe, et c'est énorme, c'est que cet homme qui est mon géniteur vient de déconstruire définitivement le père que je m'étais fabriqué. J'ai du respect pour lui et la façon dont il m'a reçu. Sa courtoisie, son savoir vivre. Au travers du récit de sa vie, j'ai compris qu'il a follement aimé ma mère. Je ne suis pas né par hasard. J'ai été conçu par un couple amoureux.

Cet incident, sans aucune gravité – c'est ce que je pense vraiment – mais non inscrit dans les mœurs, a détruit la vie de trois personnes. La sienne, celle de Maman et la mienne.

— Non, Olivier, me dit Alice. Pas la tienne. Elle ne fait que commencer et tu vivras de belles choses, tu auras de belles rencontres. Là où tu as raison, c'est concernant les mœurs. Il est évident que tout ce qui déborde du cadre autorisé par nos sociétés occidentales, perturbe le commun des mortels.

— Ce fut le cas de Maman et de mes grands-parents, c'est clair. Je suis persuadé que l'incidence n'était pas la même pour Philippe. Beaucoup plus libéré que la moyenne des gens. Je ne sais rien de ses parents. Il faudra que je l'interroge. J'ai certainement, quelque part, une grand-mère et un grand-père qui ne savent peut-être même pas que j'existe.

Alice dit qu'elle va commander deux repas au restaurant qui nous les livrera. Elle présume que je n'ai pas envie de sortir. Je confirme. À l'heure prévue, un jeune garçon nous apporte deux plateaux et dit : « — On a mis l'addition sur votre compte, Madame Chandler. Alice le remercie.

Chandler. Je ne connaissais même pas son nom de famille, je m'en rends compte. Je le lui dis. Elle me précise que c'est son patronyme de femme mariée. Après le décès de son époux, aucun nouveau statut n'est venu bouleverser sa vie. Seul, Enzo aurait pu. Mais il ne l'a pas fait.

Elle déballe les plateaux et les installe devant nous. Mes confidences, entrecoupées de fumée et d'alcool, se prolongent tard dans la nuit. Le lit sera notre ultime refuge et l'extase remplacera alors la peine. Au matin, elle décide que nous devrions aller nous baigner à Deauville.

Après quoi nous pourrions déjeuner au *Spinnaker*, rue Mirabeau, c'est sympa, tu verras, dit-elle.

Je lui rappelle que j'ai rendez-vous avec mon père à onze heures trente. Elle dit que je pourrais peut-être décaler. Elle veut me garder le plus longtemps possible auprès d'elle. J'en ai envie aussi. Je décide d'appeler Philippe. Il accepte pour quatorze heures trente au *Morny's Café*. Alice est ravie. Moi, également. En même temps, j'ai hâte de connaître la suite de mon histoire, celle de mes parents. J'aimerai bien aussi avoir des nouvelles de mes trois amis, Mèl, Jéjé et Denis. Je suis sûr qu'ils pensent à moi. Ils ne doivent pas oser m'appeler, supposant que je vis une nouvelle vie avec mon père. Et puis, ils sont encore en vacances. Ils ont certainement d'autres chats à fouetter.

N'empêche. S'ils ne se manifestent pas dans la matinée, je les appellerai. Et Maman ? Je suis persuadé qu'elle aussi pense à moi, en ce moment. Je sais qu'elle ne m'appellera pas.

Je retrouve avec un mélange de joie et de nostalgie, la plage des Fusillés. Stupidement, je scrute l'étendue de sable à la recherche éventuelle des quatre sirènes chapeautées par papa, maman. Mais, elles ne sont pas là. Sans doute déjà reparties vers leur région d'origine. Alice laisse glisser jusqu'à ses pieds, sa robe si légère. Je quitte mon bermuda. Nous courrons ensemble vers les vagues.

*

Le Spinnaker est un restaurant gastronomique. Le décor est chaud. On s'y sent bien. Alice me dit que c'est encore un des lieux où elle venait de temps en temps avec Enzo. Elle dit aussi qu'elle a l'impression de faire une tournée d'adieux, car elle ne reviendra plus jamais à Deauville. Je la trouve moins désespérée que le premier soir de notre rencontre. On dirait qu'elle s'habitue à cette nouvelle situation. J'ai la vanité fugace de croire que j'y suis pour quelque chose. Au point où nous en sommes, je me demande lequel de nous deux sauve l'autre.

Elle me dit qu'elle doit passer aux toilettes. Que je commande comme ça me plaira. Choisis le vin aussi, ajoute-t-elle. Je remplis ma mission. Le serveur ayant pris note, j'appelle mon pote Denis. Miracle, il n'est pas en messagerie.

— Salut, mon Denis, t'es encore pire à joindre qu'un ministre, dis-moi.

— C'est parce que je drague comme un malade, ici. Alors j'ai pas le temps de répondre, tu comprends ? Et toi, ça va, Oli ? Alors, ton pater ? T'en es où ?

Il m'a bien fait rire. Je lui dis que tout va bien, que je fais connaissance avec mon géniteur et que je lui en dirai plus en rentrant.

— Ah, tu vas pas rester vivre avec lui ?

— Ce n'est pas au programme pour le moment. Denis, je te laisse, profite bien de ce qui te reste comme vacances et drague modérément pour être en forme à la rentrée. Je te fais la bise, mon poteau.

J'ai écourté car Alice me rejoint à la table. Juste au moment où le serveur apporte les entrées. Elle a rajouté la légère touche de parfum que la mer lui avait volée. Je suis tellement heureux d'être avec elle. J'aimerais que le temps s'arrête. Loin de réaliser mon souhait, le temps a filé plus vite que prévu, ce fou. Lorsque nous arrivons sur la place, le Cherokee vient juste de se garer devant le *Morny's.* Je descends de la Coccinelle avec les recommandations d'Alice. Elle restera en ville, comme hier et attendra mon appel. Je rejoins Philippe qui m'a vu et a mis ses warnings en fonction. Il m'accueille avec un large sourire. Il ne me demande rien sur la femme qui m'a accompagné. J'apprécie sa discrétion. Il me dit nous boirons une bière à la maison, ce sera plus calme qu'ici. Il a dit *à la maison,* cette expression me surprend.

Comme si j'allais rejoindre le toit familial. Oui, je suis surpris. Plutôt agréablement, en fait. Je reconnais le trajet de la veille. La voiture de Valéry n'est pas garée à son emplacement. Il doit déjà être sur son chantier. Nous serons donc tous les deux. Père et fils. Monsieur Flavier n'est pas dans le jardin non plus. Ça ne doit pas être son heure. En revanche, son épouse est là. C'est elle qui nous ouvre la porte. Elle me sourit et me dit bonjour Monsieur Olivier. Elle précise à son patron qu'elle a préparé un plateau avec deux verres et des bières dans un seau à glace, sur la terrasse. Philippe la remercie.

Nous empruntons de nouveau ce couloir. J'ai l'impression de revivre la scène d'hier. À l'entrée du salon, le piano est là. Il manque juste le pianiste. Philippe me précède. Nous ressortons par la porte fenêtre pour retrouver la table sur laquelle nous avions déjeuné la veille. Il fait un temps superbe. Mon père m'indique un fauteuil et s'assoit dans un autre en face de moi. Le soleil inonde la terrasse et colore son visage au travers du store.

Je le trouve beau.

*

On est là, l'un en face de l'autre. On s'observe. On se photographie une nouvelle fois. Je regarde son visage avec cette barbe et cette moustache rase. Immédiatement, il me vient à l'esprit une scène avec Maman. J'avais quatorze ans. Mon visage commençait à se couvrir de duvet. J'ai eu envie de commencer à raser. Par la suite, j'ai laissé pousser. Lorsqu'elle s'en est aperçue, Maman m'a dit *Tu vas me faire le plaisir de m'enlever ça !* J'ai commencé par faire celui qui ne comprenait pas. J'ai joué les innocents. Elle m'a alors précisé que je devais me raser, ça faisait plus propre et que en plus…Je n'ai jamais su ce qu'était le *en plus*.

Aujourd'hui, je comprends tout. Je me retrouve en face de moi avec vingt ans de plus. Maman ne voulait pas que je ressemble à mon père. Lui aussi doit se trouver avec vingt ans d'écart, mais dans l'autre sens. Il me sourit. Je sens qu'il a envie de m'interroger. Il le fait. Me demande quel genre d'études je mène. Je lui raconte, dessin indus et surtout ce que j'aimerai faire, la pub. Il dit que ça pourrait être intéressant de mêler les deux. Surtout dans le genre de travail qu'il fait. Serait-ce un appel du pied ? Je ne réponds pas. Je veux savoir comment de coiffeur, il est devenu architecte d'intérieur. Et pourquoi, surtout.

C'est la suite de mon histoire, de notre histoire, rectifie-t-il. Es-tu prêt à l'entendre ? Évidemment, je suis là pour ça. Je comprends qu'il attendait une réponse moins cassante. Il attrape une bière qu'il débouche, me la tend. J'accepte. Il en prend une pour lui et se réinstalle dans son fauteuil. Après avoir bu une belle gorgée, il s'éclaircit la voix et commence à parler. Le soir même de l'incident, dit-il, je suis rentré à l'appartement. J'y ai trouvé ta mère et aussi ses parents. C'est, apparemment ta grand-mère qui s'occupait du bébé. Instantanément, je me suis retrouvé devant un tribunal. Colette leur avait raconté ce qu'elle avait surpris.

Ton grand-père a été le plus virulent. Il était hors de question que j'épouse sa fille, bébé ou pas. Pas question non plus que j'élève l'enfant. Colette devra trouver du travail en dehors du salon de coiffure où elle ne remettra plus jamais les pieds. Il me précise que, lui et sa femme s'occuperont du nouveau né et, qu'en accord avec la jeune maman, ils le garderont chez eux, en province. Sa mère viendra le voir quand elle voudra, mais vous ne serez jamais plus le bienvenu. Nous considérons que cet enfant est né de père inconnu.

Ma première réaction a été celle de la colère. J'ai signifié à ton grand-père qu'il se mêlait de ce qui ne le regardait pas.

Qu'il s'en tienne à son rôle et me laisse régler cette affaire avec ma compagne. Celle-ci a réagi immédiatement en me disant qu'il n'y avait rien à régler, tout était clair. Mes parents garderont *mon* fils et je chercherai du travail. Elle demandait à ta grand-mère de rester avec elle le temps qu'il faudrait en attendant que le bébé puisse se passer de lait maternel et qu'elle ait trouvé un emploi. Sa décision était ferme et définitive, me dit-elle. Ils étaient tous ligués contre moi. Seule ta grand-mère essayait de rester calme et neutre, surtout. Malgré tout, je la voyais opiner à chaque décision de son mari. Comment pouvait-elle faire autrement ?

J'en suis persuadé, en effet, malgré les différentes engueulades auxquelles j'ai pu assister, Mamie n'a jamais contredit Papy René. Elle a toujours été très ennuyée de cette affaire. Je suis sûr qu'elle aimait bien Papa. Il faudra que je lui demande, à l'occasion.

Je me suis défendu, poursuit Philippe, en indiquant que j'avais des droits et qu'en aucune manière ni les uns, ni les autres ne pourraient m'en dessaisir. Pour commencer, leur dis-je, je vais passer à la mairie déclarer la naissance d'Olivier. Que vous le vouliez ou non, je suis son père. Et vous ne m'empêcherez de rien. C'est là que ton grand père m'a asséné un magnifique coup de massue.

— Quand Olivier ira à l'école, me dit-il, pensez vous qu'il sera ravi d'entendre ses copains lui dire qu'il est fils de pédé ? Et quand il atteindra l'adolescence, pensez-vous qu'il acceptera une cohabitation avec son paternel homo ?

J'avoue que l'argument m'a secoué, sur le coup. Pourtant, loin de renoncer à cette paternité, j'étais décidé à me battre. J'ai commencé par les exhorter au calme et à la zénitude. Après tout, les faits rapportés par Colette n'étaient pas de nature à faire la une des journaux à scandale.

Il ne s'agit, ni plus, ni moins, que d'un moment d'égarement, sans conséquence aucune, quoi que vous en pensiez. Cette histoire ne sortira pas du cadre familial, car il n'y a aucun autre témoin que Colette, dis-je à mes juges.

J'imagine Papy René avec la virulence et la grande gueule que je lui connaissais. Et têtu, en plus. Toujours persuadé d'avoir raison. Mamie en a suffisamment souffert, je le sais. Aucun argument ne trouvait grâce à ses yeux. Du coup, certaines phrases qu'il prononçait avec virulence, me reviennent en mémoire.

Colette me signifie qu'elle ne reviendra pas sur sa décision, poursuit Philippe. Cadre familial ou pas, c'est elle qui ne veut plus vivre avec moi. Qu'elle est tolérante sur les options sexuelles mais qu'ici, il s'agit du père de son enfant et que ça change tout. Que je veuille bien également et dès à présent, disparaître de sa vie et de celle de son fils. Et sortir de l'appartement, vu que la location est encore au nom de ses parents. Je trouvais la dureté et la brièveté du jugement hors de propos. Je dis à Colette, OK, je m'en vais. Essayez de vous calmer tous et laissons passer vingt-quatre heures pour reprendre une discussion juste et saine.

Puis, je suis sorti.

Il faut que je précise que dans l'après-midi, alors que nous étions restés sur le chantier, Valéry, complètement bouleversé de ce qui venait de se passer, m'avait dit qu'il souhaitait venir avec moi rue Rampal. Je convaincrai ta femme, me disait-il, que tu n'y es pour rien. Je prendrai tout sur moi. Je dirai que je t'ai eu par surprise. Bref, je suis prêt à tout endosser. Je voyais bien qu'il était sincère. Mais, je lui ai répondu que c'était à moi et à moi seul, de régler cette affaire. C'est pourtant chez lui que je suis venu sonner en quittant la rue Rampal. Je lui ai expliqué ce qui s'était passé. De nouveau, il m'a proposé son aide. Quitte à faire des aveux signés sur papier, s'il le fallait.

Je ne le reconnaissais plus. Il était très affecté par la honte de ce qui m'arrivait. Je lui ai dit de garder son calme. Le temps fera son œuvre. Je ne renoncerai pas à ma paternité. En attendant, comme j'étais à la rue, qu'il veuille bien m'héberger. Il me répond que la question ne se pose même pas. Il a une petite chambre qui lui sert plus ou moins de débarras, avec un lit pliant. Sinon, il y a le canapé du séjour. C'est ce que je choisis. Inutile de préciser que je n'ai pas dormi de la nuit. Au matin, j'ai dit à Valéry que nous devrions terminer de faire le ménage au salon de coiffure. Je comptais rouvrir pour le mardi suivant ce week-end. Des flyers avaient été distribués qui dataient la réouverture. C'est également le jour que j'avais indiqué à Sophie, notre jeune apprentie, pour reprendre son poste. Je lui avais donné une avance sur des congés auxquels elle n'avait pas droit.

Mais, je n'avais pas le choix.

Avant l'incident j'étais tellement enthousiasmé par le nouveau décor du salon, avec ces superbes posters d'acteurs et d'actrices en noir et blanc. Ils ressortaient magnifiquement sur les murs aux couleurs magiques, choisies par Valéry. Désormais, le cœur n'y était plus.

*

Philippe vient à peine de terminer sa phrase, qu'un bruit de porte assez sec résonne du côté opposé à l'endroit où nous sommes. Vraisemblablement la porte d'entrée en fer forgé. On entend des pas dans le couloir qui mène au salon. Valéry fait son entrée sur la terrasse.

— Bonjour Olivier, me dit-il. Puis, se tournant vers mon père. « — Désolé, Philippe, il faut que je te voie à propos du chantier Désiré Le Hoc. Nous avons un problème. Est-ce qu'on peut passer à l'atelier ? Désolé aussi, Olivier.

Philippe se lève et me dit de venir avec lui. Ça m'étonne, mais je suis les deux hommes. Arrivés sous la verrière, Valéry soulève une bâche. On découvre, posée sur une des tables à dessin, la maquette de ce qui semble être un magasin de vêtements. Mon père me précise que c'est un gros chantier car il y aura des succursales de cette nouvelle enseigne dans tout le département, voire d'autres sur toute la France. Celle-ci servant de prototype. Valéry explique le problème. « — Le type veut renforcer la déco avec tout un appareillage laser, faisceaux lumineux et accessoirement hologrammes. Le problème, c'est que l'ensemble du matériel pèse des tonnes. Tu connais le bâtiment, d'une construction relativement légère. Le plafond ne supportera jamais un tel poids. Le mec est dingue. Une idée de dernière minute, sinon il va voir ailleurs, m'a-t-il dit.

Philippe a l'air circonspect. Nous sommes silencieux tous les trois à regarder cette maquette. Je m'en approche un peu plus. Je demande où sont les murs porteurs. Valéry me les montre. Ils sont à angle droits car également porteurs pour d'autres locaux, derrière et de chaque côté. Je regarde de plus près. J'avance une hypothèse.

— Puisque les porteurs sont perpendiculaires, il faudrait utiliser l'angle droit avec un portant en acier, en travers de l'un à l'autre mur, qui soutiendrait la charge accrochée au plafond, non ?

Les deux hommes se regardent. Ensemble, ils lèvent la main vers moi pour un check. J'avoue qu'un frisson de fierté me parcoure l'échine. Je dis à Valéry qu'il aurait certainement trouvé sans moi. Il me répond, qu'en effet, c'est probable. Mais que je viens juste de lui faire gagner un temps précieux. Il ajoute« — Est-ce que ça t'intéresserait de venir voir le chantier ?

Je regarde Philippe. Il cligne des yeux comme pour me dire tu devrais accepter. C'est ce que je fais.

13

Il est clair que mon père fait tout ce qu'il peut pour que je sois à l'aise. Il est clair également, que Valéry met tout en œuvre pour que ce soit possible. Un peu comme si tous les deux s'étaient fixés pour mission de réparer une erreur de jeunesse. Nous prenons la voiture de Valéry, une Peugeot Partner. C'est lui qui conduit. Mon père monte à l'arrière et me laisse la place avant. En passant dans le centre, il me montre des magasins, des appartements qu'ils ont rénovés.

Nous voici donc rendus tous les trois sur le chantier Désiré Le Hoc et je peux constater la qualité du travail et l'inventivité de ces deux hommes. Philippe me désigne au patron de cette chaine de magasins. Distinctement, il dit *je vous présente mon fils*. Valéry enchaine en lui indiquant qu'il a la solution pour le matériel qu'il veut installer, issue de nos trois réflexions. Ce qui, de nouveau, me titille l'ego. Ils ont réussi à ce que je m'intéresse à eux et à leur boulot. J'avoue que je les envie sur le plan professionnel. En fait, ça m'ouvre des horizons par rapport à mes études parisiennes. Nous visitons l'ensemble du magasin pourvu d'une mezzanine. Au fur et à mesure que nous avançons, mon père m'explique ce qu'ils ont créé et dans quel but. Je suis subjugué par leur réalisation et j'avoue que j'ignorais complètement ce genre de travail.

Il sort de sa poche une carte de visite qu'il me tend. En me disant, c'est ainsi qu'on nous connaît sur Deauville et alentour. Je regarde la carte. Elle est de couleur gris pâle. Les caractères sont en rouge bordeaux. Il est inscrit *Art Concept* avec deux A entrelacés – comme Astier et Andrieux – La mention *architecture conseils décor* et leurs deux noms l'un à gauche, l'autre à droite. Un numéro de mobile sous chacun d'eux. J'empoche la carte.

*

Je pense à Alice. L'après-midi touche à sa fin. Je ne voudrais pas la faire trop attendre. Je trouve qu'elle en fait déjà beaucoup pour moi. J'en parle à Philippe. Il me dit appelle-là et qu'elle te récupère directement ici. Pouvons-nous poursuivre notre entretien demain, à la maison, me demande-t-il ? De nouveau il a utilisé cette formule qui me fait un drôle d'effet. Pas forcément désagréable, d'ailleurs. Je lui dis que je suis là pour ça et que nous pouvons fixer le rendez-vous. Ce que nous faisons.

***

Il est quatre heures du matin. Je suis sorti du mobile home. Je ne suis pas arrivé à m'endormir, malgré la présence d'Alice à mes côtés. Elle m'a enlacé et est restée collée à moi. Puis, elle s'est endormie. Et moi, j'ai commencé à analyser la situation. J'ai retrouvé mon père. C'est ce que je voulais. Évidemment, je ne voyais pas le scénario de cette façon. Il faut dire que je m'étais fait ma propre mise en scène depuis des années. Rien ne correspond. Aucune des professions que je lui avais attribuées. Même son physique n'est pas le bon. Sa situation personnelle, non plus. J'avais même imaginé un schéma dans lequel il serait marié à une autre femme. Qu'il aurait des enfants. Mes demi-frères et sœurs. Mais, pas une minute qu'il vive avec un homme. Je suis déconcerté. Ce n'est pas une critique. C'est un constat.

Reste à trouver ma position comme un pion sur un échiquier. Qu'est-ce que je viens faire dans cette histoire ? D'un autre côté, il est clair que cet homme m'attendait. Il était sûr que je viendrais à lui, un jour. La question essentielle que je me pose c'est *Pourquoi est-ce moi qui ai fait la démarche et pas lui ?* L'idéal serait que je reste à demeure. Chez lui. Enfin, chez eux. À la maison, comme il dit. Car nos entretiens sont conditionnés par le fait que, d'une part je ne suis pas prêt à l'accepter. D'autre part, je ne veux pas abuser du temps et de la gentillesse d'Alice. Elle est venue me récupérer sur le chantier. Elle m'a dit qu'elle avait fait les boutiques et qu'elle ne s'était pas ennuyée une seule seconde. Je ne la crois pas. Elle a dit ça pour que je ne me sente pas gêné. Cependant, je commence à l'être. Cette femme a sa vie et n'a nul besoin de s'encombrer de la mienne.

Demain, enfin tout à l'heure, Philippe Andrieux veut que nous déjeunions ensemble à *La Péniche*. Alice m'a dit qu'elle m'y conduirait. Malheureusement, elle ne pourra pas rester avec nous. Et ça m'ennuie beaucoup.

Elle me dit que je me tracasse pour rien. Qu'elle est heureuse de s'occuper de moi. Que je suis son rayon de soleil, etcetera. J'appellerai mon père dans la matinée pour qu'il vienne me chercher. Après tout, c'est bien le rôle des parents de s'occuper de leurs enfants, non ? Je vais faire ça. Il ne pourra pas refuser. Je suis là, assis sur l'une des marches du mobile home. J'allume ma deuxième clope. La lune me regarde. Je trouve qu'elle a l'air triste. Un peu comme moi. Non, pas comme moi, c'est faux. Je ne suis pas triste. Je ne comprends pas vraiment ce qui m'arrive et je ne parviens à pas me positionner face à cette situation. Mais je ne suis pas triste. Non, pas du tout. Je pense à Maman. Il faut que je l'appelle aussi. Je ne lui donnerai pas de détails. Je pense qu'elle ne m'en demandera pas non plus. Juste lui dire que je vais bien. Qu'elle ne s'inquiète pas. Elle aussi, elle m'aime. À sa façon. Mais, elle m'aime. C'est sûr.

Et lui ? Qu'est-ce que je vais faire de lui ? C'est quand même un comble. Voilà qu'après l'avoir voulu, je ne sais plus quoi faire de mon paternel. Elle est bien bonne, celle-là. Il voudrait que je reste avec lui. J'en suis sûr. Je pourrais venir juste pour les vacances, après tout. Pourquoi pas ? Mais tout seul, je vais vite m'emmerder.

Je ne connais personne à Deauville.

Et Alice ne sera plus là.

***

Il a dit oui tout de suite. Il est venu me chercher. J'ai l'impression qu'il n'attendait que ça. Pendant le trajet, il m'a dit s'être arrangé avec Valéry depuis qu'il savait que je devais venir à Deauville, de façon à être libre pour moi. Alice est un peu contrariée. Je lui ai promis que nous passerions la soirée ensemble. Mon père a dit qu'il était à ma disposition pour les trajets. Que si je voulais, je pouvais dormir chez lui. J'ai enregistré l'information mais je n'ai pas répondu. Je retrouve le décor de ce lieu magique, *La Péniche*. Je dis à Philippe que je connais déjà et lui explique pourquoi. Pas trop de confidences de sa part pendant le repas. Nous parlons surtout de moi. Il veut en savoir plus, lui aussi.

Je lui parle de mes copains. De mon école. De Mélanie. De Maman – très peu – et de Martin. Oui, Martin est sympa avec moi, je ne peux pas dire le contraire. De Ault aussi. Il ne connaît pas. Pourtant, sans le savoir, il y a passé quelques vacances. Avec moi, dans mes rêves. Mais, je ne veux pas le lui dire. Et puis, subitement, dans cette discussion à bâtons rompus, comme s'il lisait dans mes pensées, mon père me sort une perle. Il paraît qu'il rêvait de moi à différents âges et dans différentes situations. *Tiens, ça me rappelle quelque chose, ça...* Hypocritement je lui dis *Ah, bon ?* Il m'explique certains de ses rêves.

J'essaie de ne pas trouver trop de similitudes avec les miens. J'essaie seulement. Lorsqu'on nous apporte l'addition, il me demande si j'ai envie d'aller quelque part dans Deauville ou si je préfère qu'on rentre *à la maison*, pour la suite de notre entretien. Je choisis cette seconde option. Je lui demande de me ramener au camping en fin d'après-midi.

Il acquiesce.

Passé le portail bleu de la villa, j'aperçois la voiture de Valéry garée à sa place habituelle. Je pensais qu'il serait sur son chantier. Mais, je n'en fais pas la remarque.

Nous empruntons de nouveau ce couloir qui mène au salon. À peine les deux premiers pas franchis, j'entends le piano qui démarre l'intro de *From now on* de *Supertramp*.

J'adore ce morceau. Et le groupe mythique aussi. Valéry ne nous a pas entendu arriver. Nous sommes derrière lui. Je suis médusé par sa façon d'interpréter cette œuvre. Philippe et moi ne bougeons pas. Finalement, il s'aperçoit de notre présence. Il a l'air confus. Se lève et me sourit. Me tend la main. Je lui dis que j'adore ce titre ainsi que Roger Hodgson. Et que je trouve qu'il l'a joué magnifiquement. Il a l'air troublé de ce compliment. Me remercie. Philippe dit que ce don au piano leur a sauvé la vie à tous les deux.

Étonnement de ma part. Il m'explique qu'à leur arrivée à Deauville, c'était la grosse galère pour eux. Valéry connaissait le pianiste du bar de l'hôtel *Normandy*, un ami d'enfance. Il l'a pressenti plus d'une fois pour des remplacements en soirée. Ce qui permettait de faire rentrer un peu d'argent. Valéry confirme. J'aimerai bien en savoir un peu plus. Mon père me dit qu'il me racontera.

Madame Flavier entre par la terrasse et nous informe qu'elle vient d'apporter le café. Valéry dit qu'il va en boire un avec nous deux et qu'il nous laissera ensuite. Le chantier a encore besoin de lui. Je prends la peine de remercier cet homme de ce qu'il fait pour moi et Philippe. Il me répond que c'est normal, que je ne m'inquiète pas pour ça, c'était prévu.

Après son départ, une fois de plus, mon père et moi passons dans le bureau.

*

14

De retour au camping, je trouve Alice rayonnante. Elle est assise sur les marches du mobile-home et consulte son téléphone. Elle a une cigarette allumée à la main. Elle me gratifie d'un large sourire, se lève et me demande si j'ai passé un bon après-midi. Je lui réponds que mon père m'a fait de nouvelles confidences, que je lui en parlerai ce soir, car j'ai l'intention de l'inviter à diner au snack. Elle me dit qu'elle est d'accord. D'autant qu'elle-même a une bonne nouvelle à m'annoncer et que ça se fête.

Elle m'explique qu'elle a reçu dans l'après-midi un texto dont elle ne connaissait pas l'origine et intitulé « inconnu ». Mais elle a rapidement vu la signature d'Enzo. Il dit qu'il sera à Bordeaux le lundi de la semaine prochaine et qu'il veut la voir. Qu'il lui expliquera tout. Alice m'avoue que, quelque soit l'explication, elle sera forcément la bonne. Oui, il peut mentir, c'est vrai. Inventer elle ne sait quoi. Mais, elle s'en fiche. L'essentiel pour elle, c'est de retrouver Enzo. Tu vois, mon lapin, dit-elle, quand t'es fondu pour quelqu'un, c'est comme ça.

— Donc, tu es heureuse, Alice ?

— Oui, très heureuse. Mais, parlons de toi.

Nous retrouvons sa table habituelle. Le souvenir de notre première soirée remonte à la surface. Quelle chance j'ai eu de rencontrer cette femme. Elle a tout pour plaire. Elle a une classe extraordinaire. Ça ne m'étonne pas que le Enzo en soit dingue. Nous allons sans doute nous quitter définitivement dans quelques jours. Mais, elle restera gravée dans ma mémoire. Je n'oublierai pas que c'est elle qui m'a fait découvrir les délices de l'amour.

Un jeune serveur vient à nous pour nous apporter les menus. En accord avec mon invitée, je commande notre rosé préféré. Nous le prendrons comme apéritif. Elle veut savoir comment ça s'est passé avec mon père.

Philippe m'a raconté la suite de notre histoire. Après la réouverture du salon de coiffure, il a attendu deux jours avant de revenir rue Rampal. Il avait son trousseau de clés sur lui. Mais quand il a voulu ouvrir la porte de l'appartement, il a compris que les serrures avaient été changées. Il a tambouriné sur le battant et n'a obtenu aucune réponse. La voisine de palier est sortie et lui a indiqué que Colette et ses parents avaient pris un taxi, la veille. Elle les a vus par la fenêtre. C'est tout ce qu'elle sait.

Il a vite saisi que sa femme et le bébé avaient pris le large vers la province des grands-parents. Complètement désespéré, il avait rejoint Valéry dans son appartement. Ensemble, ils essayèrent de réfléchir à quelle position adopter. Il semblait essentiel à Philippe de déclarer la naissance du bébé. Entre temps, il reçut un texto de Colette lui indiquant qu'elle l'avait déjà fait comme étant né de père inconnu. Et qu'elle souhaitait que les choses en restent là.

Alice m'interroge sur le type de relations que j'ai avec ces deux hommes et avec mon père en particulier. Je dois dire que je suis très attentif au déroulement de son histoire, qui est aussi la mienne. Déconcerté est le mot qui convient le mieux.

Je ne juge pas. Je ne blâme pas. J'essaie de comprendre. Cet homme ne m'est pas antipathique. Son associé, enfin... son compagnon, non plus. J'ai de l'admiration pour ce qu'ils font. C'est quelque chose que j'aimerais faire également. Je découvre. Ils ont l'air d'avoir une vie harmonieuse. Et, en plus, j'avoue que je suis tombé amoureux de Deauville. Je ne connaissais pas. Là aussi, je découvre un univers différent du mien.

Alice dit que j'ai raison. Deauville est une merveille. Elle aussi est en amour pour cette ville. Finalement, elle espère y revenir avec Enzo. Elle veut en savoir plus sur la discussion avec mon père. Je dis que j'en sais peu pour le moment. Sauf que, comme moi, il a attendu ce moment dix-sept ans. Il a autant rêvé de moi que moi de lui. Je suis sûr qu'il voudrait que je reste. Je ne suis pas décidé. J'ai besoin de le connaître mieux. Il m'a invité à dormir à la villa. Je n'ai pas dit oui. Je n'ai pas dit non.

Je regarde la femme qui me fait face. Ce soir elle a les yeux qui brillent. Ces yeux de la même couleur que la mer dans laquelle nous nous sommes baignés ensemble. Elle m'écoute attentivement. J'ai trouvé une véritable amie. Je vais la perdre bientôt. Elle dit que son mobile home est loué à l'année. Que je pourrai continuer à l'occuper si je ne veux pas rester chez mon père. Elle me laissera une clé que je remettrai à la réception le jour de mon départ. Je la remercie. J'en profite pour lui demander pourquoi elle a choisi ce type de logement alors qu'elle semble avoir les moyens d'habiter Deauville même. Elle m'explique que c'est par discrétion par rapport à Enzo. En tant qu'invité, il n'est pas obligé de remplir une fiche comme à l'hôtel. De plus il rentre et sort comme il veut sans être remarqué par un concierge ou un employé. Sa femme peut l'appeler sur son portable n'importe quand. Elle pense qu'il réside sur le lieu même de ses congrès. Une villa louée, la plupart du temps. C'est ce qu'il lui dit.

De toute façon, comme elle vit sa vie de son côté, ses coups de téléphones sont extrêmement rares.

Alice me dit que je devrais faire la tentative de loger chez mon père quelques jours. D'après elle, c'est de l'intérieur qu'on voit le mieux les choses. Elle me répète que si ça ne va pas, j'ai les clés du mobile home. Pourquoi pas ? Je vais réfléchir à la question. Je lui dis que je suis triste de savoir qu'on va se quitter, elle et moi. Je ne suis pas près d'aller à Bordeaux. Qu'irai-je y faire ? Et en plus, puisque Enzo réapparait, je n'ai plus ma place auprès d'elle. Elle me dit que ma place est et restera dans son cœur et que je n'en sortirai jamais. Tu me donneras des nouvelles. Tu m'écriras. Je veux savoir si ton père et toi allez enfin retrouver une sérénité qu'on vous a volée à tous les deux. Tu es mon ami et tu le resteras pour la vie, Olivier. Notre rencontre n'est pas fortuite. Le hasard n'existe pas. Tu dois exorciser tes démons et ton père aussi. Je souhaite sincèrement que vous arriviez à vous trouver enfin.

***

Gab m'a appelée ce matin. Tout juste si elle ne m'a pas engueulée. Je petit-déjeunais avec Alice à l'extérieur du mobile home, quand mon téléphone a vibré. J'étais content quand j'ai vu son nom sur l'écran. Mais elle a commencé à me dire que j'exagérais de ne pas lui donner de nouvelles depuis presque deux mois. J'ai reconnu mes torts en lui disant qu'il s'était passé tellement de choses depuis mon départ de Paris. Justement, elle veut savoir. Et surtout, elle sait, par maman, que j'ai retrouvé mon père. Alors, raconte, me dit-elle.

Alice me fait comprendre qu'elle va se doucher pendant que je téléphone. Je lui fais signe OK.

Je raconte succinctement l'enquête menée avec mes amis campeurs. La prospection des salons de coiffure. Au fait, Gab, tu savais qu'il était coiffeur, toi ? Pourquoi tu m'as rien dit ? Elle se défend en disant qu'elle n'a rencontré mon père qu'une seule fois. C'était chez les grands parents, rue Rampal. Il l'avait invité à déjeuner. On a parlé d'un tas de choses, mais pas de son métier, je ne crois pas. Ou j'ai oublié. Je t'en aurai parlé, Oli, crois moi.

Oui, je la crois. Gab n'est pas menteuse. En plus, elle m'adore. Bref, je lui raconte brièvement la rencontre au *Morny's* et la villa. Son métier aussi. Mais je ne parle pas de Valéry. Je verrai en rentrant à Paris, si j'en parle ou pas. Non, il n'est pas remarié et n'a pas d'autres enfants. Bon, Gab, il faut que je te laisse. Je dois me préparer car justement, il vient me chercher pour déjeuner. Oui, il se souvient de toi. Il me l'a dit. Je t'embrasse ma Gab. Gros bisou et à bientôt.

Je me rends compte que j'ai rapidement éludé la question de la situation familiale de mon père. Et d'ailleurs, ça m'amène à la réflexion suivante : Que vais-je dire à mes amis à ce sujet ? Que ce soit Mèl, Jéjé ou Denis. Ils vont sans doute me poser la question. Enfin, je suppose.

Sandra aussi m'interrogera. Martin, non. Je suis à peu près sûr que Maman l'a déjà mis au courant. Mais, pour les autres ? En fait, je ne suis pas obligé d'en parler. Je peux dire qu'il a une bonne situation, qu'il habite dans une belle maison. Le tout dans une ville de prestige, etc.…

Oui, mais fatalement, y en a qui vont me demander s'il est remarié. S'il a des enfants. Bon, pour les enfants, fastoche, il n'en a pas et puis c'est tout. Mais de là à dire qu'il est en couple avec un homme…C'est pas facile. Je crains les moqueries. Pire, la compassion. Le copain lambda n'est pas encore prêt à entendre ce genre de choses. Je crois que je vais mentir en lui inventant un célibat endurci. Après tout, c'est un statut qui passe mieux que celui d'homo.

Ça m'amène à penser aussi à ma propre position. Je remarque que depuis le début, je n'arrive pas à le tutoyer. Ni à le nommer. Papa, Philippe ? Je m'arrange pour ne pas avoir à le faire. Je commence mes phrases sans avoir à utiliser ni l'un, ni l'autre. Je suis vraiment dans l'expectative la plus totale. Pourtant, petit à petit, quelque chose en lui m'attire. Un sentiment indéfinissable. Il me semble que nous nous ressemblons sur beaucoup de points. Je ne parviens pas à me libérer de cet élan vers lui, qu'au fond je ne demande qu'à avoir. Peut-être une question de temps. Notre relation est récente et sans doute trop courte. Il nous faut nous connaître mieux.

Oui, le temps, c'est ça.

Sûrement.

Alice sort du mobile home, une serviette éponge entourant ses cheveux. Elle me pose un baiser sur le front et me dit que la place est chaude. J'y vais.

*

15

Mon père est venu me chercher au camping. Comme convenu, je l'ai rejoint sur le parking près de la réception. Je ne tiens pas à ce qu'il rencontre Alice. Je ne saurais expliquer pourquoi. Je n'ai pas envie de mélanger les deux univers. Chacun me convient, mais individuellement.

Il est prévu que nous déjeunions à la villa. Valéry et lui fêtent la conclusion du chantier Désiré Le Hoc. Tout a été accepté, désormais les travaux peuvent se terminer sans eux. Ou presque. Un autre projet les attend avenue de la République. Pendant le trajet, Philippe m'explique que les chantiers se succèdent assez rapidement car ils ont de plus en plus de demandes. La réputation qu'ils ont acquise leur permet de faire prospérer leur chiffre d'affaires. Bizarrement, je perçois comme un message dans cette affirmation. Discret, certes, mais existant. Après tout, je me fais peut-être des illusions. Il n'en reste pas moins vrai qu'il semblerait que j'ai chopé le virus du *design*. Ça mêle agréablement la rigueur du dessin industriel et la folie douce de l'illustration décorative.

Philippe me dit qu'il me racontera leurs débuts à Deauville, le moment venu. C'est un épisode assez épique. Mais il estime nécessaire que j'en prenne connaissance. Je lui fais remarquer qu'il me reste peu de temps. Je dois rejoindre Paris pour préparer ma rentrée. Il dit je sais, c'est la raison pour laquelle je t'invite à rester à la villa pour ces quelques jours. D'ailleurs, ajoute-t-il, je te montrerai quelque chose sur place. Je ne te dis rien, je préfère que tu juges toi-même. Décidément, mes parents ont tous les deux le goût du mystère. Je n'en suis plus à une surprise près.

*

Lorsque nous arrivons, Valéry est déjà sur la terrasse. Il discute avec Madame Flavier qui, apparemment, finit de dresser le couvert. Elle est en compagnie d'une jeune fille qu'elle nous présente comme étant sa petite fille. Philippe lui demande si elle est en vacances. Sa grand-mère précise qu'elle l'héberge pendant son stage dans un centre de balnéothérapie. Il s'agit du complexe des *Cures Marines,* à Trouville. Ce qui complètera ses études en vue de devenir hydrothérapeute.

Elle est parisienne aussi. Je lui demande dans quel quartier. Elle dit vers le Parc Montsouris, dans le $14^{\text{ème}}$ arrondissement. Je connais. Elle rougit imperceptiblement en me parlant et baisse rapidement les yeux en terminant ses phrases. Elle s'appelle Romane. Madame Flavier prend congé et dit qu'elle remontera pour le service d'ici une demi-heure si ça nous convient. Philippe et Valéry sont d'accord. Et moi, je regarde partir cette jeune beauté qui m'a adressé un sourire avant de rejoindre sa mamie.

*

C'est devenu un rituel. Après le repas, Valéry nous quitte et nous passons dans le bureau. Chaque fois, j'attends ce moment avec impatience. Aujourd'hui, avant d'y entrer, Philippe me montre une autre porte. Il me dit, je sais qu'il nous reste peu de temps avant ton retour à Paris. Pourtant, nous avons tellement à savoir l'un sur l'autre. C'est pourquoi j'ai pensé que, si tu le désires, tu pourrais rester à dormir sur place. Je voudrais te montrer quelque chose. Il s'avance vers la porte en question, sur laquelle est suspendu un rectangle en carton rigide, retenu par un fin cordon rouge tressé. Il retourne le panneau, le plaque sur le battant. Dessus il est écrit : OLIVIER, en lettres majuscules. Il ouvre et me fait passer devant.

C'est une chambre complètement aménagée et d'une surface très confortable. Une baie vitrée donne sur la partie du jardin que je ne connais pas. Les meubles sont modernes. Les murs de différentes teintes sur lesquels sont accrochés des posters actuels. Une sorte de bureau mural avec un ordinateur portable, une platine disques vinyles, un ensemble radio/cd casque audio. Un téléviseur. Au dessus, une étagère double garnie de livres et de Cd.

Philippe me dit qu'ils ont acheté cette propriété il y a six ans. Et que parmi les premières choses auxquelles il a pensé, c'est me prévoir une chambre. Car, me dit-il, j'ai toujours sur que tu viendrais. Ceci est donc ta chambre, Olivier. Je suis complètement abasourdi. Je me doutais qu'il y aurait une chambre à ma disposition si je voulais rester. Mais pas que ce serait *ma* chambre. Une fois de plus, je ne sais pas quoi dire. Je crois qu'il comprend mon émoi. Il me prend par l'épaule et dit passons au bureau, pour la suite de notre histoire commune.

Une fois que nous sommes installés, je lui demande pourquoi il était si sûr que je viendrais à lui.

Il me répond, tout simplement parce que, à ta place et à ton âge, c'est exactement ce que j'aurais fait. La réponse me convient. Philippe reprend le cours de ses explications.

Lorsqu'il a compris que Colette était partie avec le bébé, il a cru devenir fou. Chaque fois qu'il essayait de la joindre sur son portable, elle ne répondait pas. Il lui a laissé des dizaines de messages. Pour essayer de régulariser la situation d'une manière décente. Il fallait que cet enfant ait un père, ça lui paraissait essentiel. D'autres pour lui demander pardon. Ou pour proposer un système de droit de visite comme un couple divorcé. L'octroi d'une pension alimentaire. Il avait tout essayé. Il n'obtint jamais aucune réponse. Il avait même envisagé une procédure judiciaire pour faire valoir ses droits. Valéry le soutenait dans cette démarche. Il serait témoin et acteur principal du drame. Il disait, je prendrai tous les torts et ensuite je disparaitrai. Mais, je veux que tu récupères ton fils.

J'ai du mal à imaginer l'incroyable détermination de Maman. Je suppose, qu'elle fut très fortement influencée par Papy René.

Philippe a les yeux humides en évoquant cette période douloureuse. Il poursuit. J'ai voulu, dit-il, prendre un temps de réflexion intense. Alors que Valéry me poussait à agir, j'ai commencé à réfléchir différemment. Et si Colette et ses parents avaient raison ? Si, de par mes options sexuelles, je faisais un mauvais père ? Et pire, si mon fils me rejetait une fois au courant ? Quelle était la solution la plus sage ? Ce garçonnet pourrait être l'enfant d'un père décédé. Rien d'extraordinaire à cela. Au moins, dans ce cas, le statut est noble. Pas comme le mien, puisque la bien-pensance l'interdit. C'est décidé, je vais devenir inexistant.

C'est ce qu'il y a de mieux pour lui.

Cette fois-ci, c'est moi qui ai les yeux humides. Comment peut-on infliger ça à un être humain ? C'est carrément une horreur. Désormais, j'ai du mal à comprendre Maman. Enfin, si… je la comprends, mais j'ai de la peine pour cet homme, malgré tout.

De nouveau un silence s'installe entre nous. Je voudrais lui faire savoir que j'ai de la compassion pour lui. Mais, je n'ose pas parler. Il doit le comprendre. Il se lève, va jusqu'à la fenêtre. Il regarde à l'extérieur. Sans se retourner, il me dit est-ce que ta chambre te plait, Olivier ? Oui, bien sûr qu'elle me plait, faudrait être difficile. Est-ce que tu vas rester ce soir ? ajoute-t-il. Oui, je vais rester. Je dois appeler Alice pour la prévenir. Qu'elle ne s'inquiète pas. Je fais ça de suite.

Alice est ravie pour moi. Je lui dis que je viendrai demain passer un moment avec elle. Quand tu veux, mon lapin, me dit-elle.

Philippe revient vers moi. Il me propose d'aller marcher dans le jardin. À cette heure-là, il n'y a personne nous serons tranquilles. Je le suis. Nous marchons un long moment sans prononcer un mot. Un peu comme si le silence était un instrument de mesure. Que pense l'un de l'autre ? Chacun de nous deux se le demande, je suppose. Comme pour répondre à cette interrogation, subitement Philippe s'arrête, me regarde et dit : Olivier, quel est ton sentiment par rapport à tout ce que je t'ai confié depuis notre rencontre ? Je ne suis pas vraiment étonné. Je m'attendais plus ou moins à une question de ce genre. J'ignorais quand, mais je savais qu'elle viendrait.

Papa, pendant des années, je t'ai admiré. Porté aux nues. Je t'ai rêvé, imaginé, magnifié. Pourquoi voudrais-tu que je te déteste à présent ?

Une fois de plus, ma réponse tarde à venir. Nous longeons la piscine. Il s'arrête près d'un banc de pierre surmonté de deux coussins plats. Il s'assoit. J'en fais autant. Nous sommes côte à côte. Je le regarde. Je perçois de l'angoisse dans ses yeux. Il faut que je lui réponde.

— Je t'écoute expliquer cet épisode de ta vie qui est aussi la mienne. Pour l'instant, je comprends ce que vous avez de commun avec Maman. Le besoin de me protéger à tout prix. Au risque de détruire chacun d'entre nous. Mais, je comprends. Évidemment, je comprends. Je n'ai pas de jugement définitif.

Pour la première fois depuis notre rencontre, je viens de te tutoyer, Papa. Tu te rends compte ? Je m'en étonne.

Il ne répond pas. Ne relève pas le fait que pour la première fois, je l'ai tutoyé directement au lieu de tarabiscoter mes phrases. Il a dû le remarquer. Son cœur a certainement battu plus vite. Ou plus fort. Il se lève. J'en fais autant. Nous poursuivons notre promenade. Nous arrivons à l'endroit du terrain qui surplombe la maison des Flavier. D'ici, on aperçoit Monique et sa petite fille Romane. Elles étendent du linge dans leur jardin.

***

En début de soirée, Valéry se gare sur son emplacement à l'entrée de la villa et vient nous rejoindre sur la terrasse. Il nous explique le concept du nouveau chantier. Il s'agit d'un bar-tabac vieillot, racheté par un jeune couple, aidé financièrement par des beaux-parents aisés. Le projet ambitieux est de rajeunir complètement l'établissement pour y attirer une nouvelle clientèle. Beaucoup moins compliqué que Désiré Le Hoc, mais tout aussi passionnant. Oui, il s'en sortira seul. Qu'on ne se fasse pas de soucis. Et qu'on profite du peu de temps qu'il nous reste à être ensemble.

À brûle pourpoint, il me demande si je connais Erroll Garner, pianiste génialissime. J'avoue que non. J'en ai entendu parler, sans plus. Il me dit, viens je vais te jouer un de ses morceaux les plus connus. Ça s'appelle *Misty*. Nous le suivons jusqu'au piano. Philippe installe une chaise de chaque côté du musicien. Valéry pose les mains sur le clavier et commence. Il semble que ce sont des vagues d'eau de mer qui glissent sur les touches. Je connais le morceau. Je l'ai déjà entendu sans en connaître l'interprète. Celui que j'ai à côté de moi est un virtuose. Je sens les poils de mes avants bras se dresser.

Une véritable merveille. Je me laisse transporter par cette musique et, en même temps j'observe cet homme. Et je ne peux pas m'empêcher de penser que tout ce qui s'est passé dans ma courte vie et dans celle de mes parents provient de son incursion dans notre univers. Dois-je l'en rendre responsable ? L'en blâmer ? Je pense que non. Comme me l'a dit Alice, le hasard n'existe pas. Les choses se font, les événements surgissent parce qu'il faut qu'il en soit ainsi. Je regarde mon père.

Tu penses comme moi, n'est-ce pas, Papa ? Toi aussi tu t'es posé mille fois cette question ? J'en suis sûr...

Valéry frappe la dernière note. Il a le visage luisant. Pas de chaleur, mais d'émotion. Comme Philippe et moi.

Je lui fais part de mon admiration. Peut-il jouer un autre morceau ? Il n'attendait que cela. Il s'exécute avec plaisir. J'avoue que je suis subjugué par son talent. Je vois que mon père l'admire aussi. Quelques pièces d'anthologie de jazz se succèdent ainsi sous ses mains. Vers dix-neuf heures trente, nous rejoignons la terrasse. Mon père m'explique que Madame Flavier ne fait pas de service le soir, sauf exception, certains jours de réceptions relativement rares. Il met lui-même le couvert. Valéry rapporte de la cuisine un plateau sur lequel, comme tous les jours un repas, froid cette fois-ci, est préparé par Monique. La brave femme s'occupe du ménage, de la lessive et du repassage ainsi que des repas, cinq jours sur sept. Elle a le week-end de congés ainsi que Georges, son époux. C'est un couple délicieux et très sérieux dans le travail. Mon père et Valéry se félicitent de leur efficacité. De leur côté, les Flavier sont heureux d'avoir pu conserver leurs emplois.

Le repas est agréable et plutôt enjoué. Valéry se révèle être un humoriste hors pair. Il nous fait rire de l'entrée au dessert. Du coup, je me sens beaucoup plus détendu et je sens que mon père aussi. Valéry me dit : Tu apprécies ma musique, j'en suis ravi. Mais, est-ce que tu sais que ton papa ici présent est un merveilleux peintre ? Philippe proteste et en riant lui intime l'ordre de se taire plutôt que raconter des sottises. Valéry se lève, entre au salon et je vois qu'il décroche deux tableaux de taille moyenne. Il les apporte et les pose sur la table, devant moi. Il dit : Et ça, qu'est-ce que tu en dis, Olivier ?

Avec stupeur et délices, je découvre ces toiles, toutes deux signées Phil Andrieux. Je ne me pose plus la question de savoir d'où me vient ma passion pour le dessin.

*

16

Après de nouvelles confidences, alors que Valéry est retourné au piano, mon père m'invite à rejoindre ma chambre. Il n'est pas loin de vingt-trois heures et cette journée chargée d'émotion m'a relativement épuisée.

C'est avec grand plaisir que je prends possession des lieux. Dès la porte fermée, comme un bambin à Noël, j'ai envie de toucher à tout. Je branche le lecteur de Cd, me coiffe du casque audio. J'allume le PC, je l'éteins. Je passe à la télévision. Je consulte les livres, les Dvd. J'ouvre et referme les placards muraux. Je fais le tour de la chambre jusqu'à une porte que je n'avais pas remarquée lors de la première visite. Je la tire et découvre une petite salle de bains. Le pater a pensé à tout. Respect.

Fatigué, je parviens, non sans difficultés, à me déshabiller. J'ouvre le lit. De superbes draps de couleur orange ne demandent qu'à me recevoir. Je ne me fais pas prier et me laisse emporter par Morphée. Je m'endors dans la minute qui suit.

Papy René, tu nous casses les pieds ! T'arrête d'embêter Mamie, d'abord. Et Papa, il viendra si il veut, c'est pas toi qui va l'empêcher. J'ai peut-être que huit ans, mais je comprends tout, tu sais. C'est toi qui ne comprends rien. Tu influences mal Maman. Arrête, je te dis. Arrête !

Au matin je me réveille en sueur. Pour commencer, je ne comprends pas où je suis. Mon premier réflexe est de chercher Alice dans le lit. Puis, je réalise. Je suis dans *ma* chambre, chez *mon* père. Je n'en reviens pas. J'ai l'impression d'être dans un rêve éveillé. Je regarde le réveil à quartz posé sur ma table de nuit. Dix heures ! Pas possible ? J'ai dormi tout ce temps ? Et je n'entends aucun bruit autour de moi. Je me lève, enfile un caleçon et un tee-shirt. Je sors de la chambre. Je traverse le salon et j'aperçois Madame Flavier sur la terrasse. Elle est seule.

Je m'avance vers elle. Elle me sourit.

— Ah, Monsieur Olivier. Venez, je vous ai préparé un petit déjeuner. Qu'est-ce que vous buvez? Café, chocolat, thé ?

Je lui dis du café, merci. Puis, j'ajoute en riant puis-je vous demander une faveur, Madame Flavier ? Pouvez vous m'appeler juste Olivier en oubliant le Monsieur ? Elle rit aussi et me dit, c'est d'accord Mons…euh, Olivier. Tenez, votre papa a laissé un mot pour vous. Elle me tend une petite enveloppe. Je l'ouvre. C'est une carte *Art Concept*. Sur le verso il est écrit :

Mon grand, je t'ai laissé dormir. Je suis avec Valéry sur le chantier. Je serai là avant midi. À tout à l'heure. Papa.

Alors que Monique m'apporte le café, ma vue se brouille légèrement en lisant la signature.

*

Je déguste mon café, accompagné de tartines beurrées préparées par Madame Flavier. J'en profite pour admirer mon environnement. La terrasse surplombe la piscine et une partie du jardin. J'aperçois Georges qui s'affaire autour des plates bandes. Je réalise soudain l'incongruité de la situation. Qui m'aurait dit, il y a seulement quinze jours, que je me serais retrouvé dans un tel décor, un tel luxe, comparé à la rue Rampal. Ce n'est pas ce qui m'a conduit ici, mais la rencontre et la découverte de celui qui peuple mes rêves et mon imaginaire depuis des années.

Malgré tout, je dois dire que j'apprécie. Ceci étant, si mon père avait vécu dans un squat, je serais quand même resté avec lui. Ma présence non plus n'est pas due au hasard. Alors que je suis en pleine rêverie, mon téléphone s'agite en vibrant sur la table. Je regarde l'écran. C'est Mamie Simone. Allô, Mamounette ? Que je suis content de t'entendre. Comment vas-tu ? Elle dit qu'elle va bien et qu'elle aussi est ravie de m'entendre.

— Où es-tu, alors, mon chéri ?

— À Deauville, chez Papa.

—Si tu savais comme je suis heureuse pour toi, Olivier. Et pour lui, d'ailleurs. C'est la fin d'une longue souffrance pour vous deux. Et, je te l'avoue, pour moi aussi.

Elle reconnaît qu'elle n'a pas été très coopérative concernant mes recherches. Elle le regrette, mais elle ne pouvait pas faire autrement. Je la rassure. Je sais, Mamie, je sais. C'est quand même en partie grâce à toi que je l'ai retrouvé. Je n'oublierai jamais ça. Je t'embrasse, dit-elle et ajoute, soyez heureux tous les deux. En raccrochant, je pense aux mots qu'elle vient de prononcer. Et notamment celui de souffrance. C'est ce qui correspond le mieux à la situation dans laquelle s'est retrouvé Philippe.

Hier soir, il l'a évoquée. Et m'a confié qu'après avoir mûrement réfléchi, il a décidé d'abandonner toute forme de procédure ou revendication. Il estimait que c'était la meilleure solution pour moi. C'est alors que sa souffrance a commencé. Son travail ne l'intéressait plus. Il n'a pas renouvelé le contrat de sa stagiaire. Il est resté seul au salon de coiffure. Valéry, de son côté, travaillait sur quelques rares chantiers qui ne lui rapportaient pas grand-chose. Malgré tout, il incitait mon père à ne pas baisser les bras. Il disait que la situation n'était pas normale. Il faut te battre, Philippe, lui répétait-il.

Mais, Philippe se laissait aller. Dans l'idéal, il aurait voulu proposer à Maman de vivre séparément, certes, mais avec la garde alternée de l'enfant. En même temps, il savait que c'était impossible. Comment ferait-il pour élever son fils tout en travaillant au salon. Ses parents étaient en Bretagne, sa région d'origine. Il était donc impossible de leur demander de garder Olivier. Il avait beau tourner le problème dans tous les sens, il pensait que la meilleure solution était son absence de ma vie.

Donc, j'ai des grands-parents Bretons. Il va falloir qu'il m'en parle. Je veux tout savoir. Où ils habitent, ce qu'ils font. Est-ce qu'ils sont encore vivants ? Oui, Papa n'est pas si vieux, il a encore ses parents, c'est sûr. Je le laisse continuer, mais je lui poserai la question.

C'est à partir de cet épisode douloureux que Philippe s'est arrêté de parler et m'a invité à rejoindre ma chambre. J'ai vu qu'il était fatigué. Je parlerai des grands-parents une autre fois.

*

En fin de matinée, installé sur la terrasse, je vois le Cherokee se garer. Mon père en descend et vient vers moi. Il me demande si j'ai bien dormi. Je n'ai pas le temps de lui répondre. La jeune Romane arrive jusqu'à nous. Elle dit que sa grand-mère lui a demandé de venir l'aider en cuisine. Elle s'excuse, mais elle ne sait pas où c'est.

Olivier va vous montrer le chemin, dit mon père.

Cette phrase me fait l'effet d'un boulet de canon dans l'estomac. Je suis donc *le* fils de la maison. Je suis donc *chez moi*. Je guide les autres, car je suis chez moi. C'est ainsi que mon père me l'a fait ressentir. Je me lève et dis avec plaisir, suivez-moi. Philippe n'a pas bronché. Il me laisse faire. Il nous suit mais s'arrête au salon et prend la direction de l'atelier. En rentrant dans la cuisine, nous constatons que Monique n'y est pas. Je dis à Romane elle ne va sûrement pas tarder, sans être sûr de ce que j'avance. Ça me donne l'occasion de discuter un peu avec elle. Je dis je reste avec vous pour l'attendre. Elle dit c'est gentil, merci. Je ne sais pas trop comment aborder la conversation. Je me contente d'une phrase bateau.

— C'est la première fois que vous venez à Deauville ?

Elle dit que non. Elle est venue plusieurs fois en vacances avec ses parents. Dans un camping en caravane, car chez Mamie et Papy il n'y a qu'une petite chambre, en plus de la leur. Oui, elle adore Deauville. C'est la raison pour laquelle elle a souhaité faire son stage ici. Moi ? Euh… et bien, en fait, je suis de passage chez mon père. Je vais rejoindre Paris dans quelques jours. Oui, pour mes études. Dessin industriel. Si je viendrai en vacances ? Oui, je pense.

Enfin, non… je suis sûr et je…

Madame Flavier fait son entrée.

— Ah, Romane, tu es là. J'ai cueilli du basilic au jardin pour la salade de tomates de midi. Monsieur Oliv... euh, Olivier, vous avez terminé de déjeuner ? Je vais aller débarrasser la table. Romane, commence à t'occuper de la salade, en attendant.

Je dis je vous laisse travailler, il faut que j'aille me laver. Vu l'heure, il serait temps. Ça les fait rire toutes les deux. Je rejoins mon antre. Je ne croise personne. Papa doit être au bureau ou à l'atelier. J'inaugure ma salle de bains. Rien n'y manque. Il y a même un rasoir électrique dans l'armoire à glace au-dessus du lavabo. J'y trouve aussi gel douche et déodorant. Tout est nickel. Apparemment, personne n'a jamais utilisé cette pièce. Ça sent le neuf.

J'ai prévu de quoi me changer dans le sac à dos que je transporte partout. Une fois habillé, je réexamine les différents éléments posés sur le bureau. De nouveau, j'ai envie de tout essayer. Sur le côté gauche du lecteur de Cd, je remarque une petite étiquette collée sur laquelle il est écrit 06/07/2013. Tiens, ça correspond à mon anniversaire six ans plus tôt, ça. La télévision en comporte également une marquée 06/07/2014. En observant de plus près, je m'aperçois que tous les objets comportent une date similaire de juillet 2013 à juillet 2019, c'est-à-dire, le mois dernier. Je comprends que Philippe me faisait un cadeau à chacun de mes anniversaires depuis qu'ils ont acheté cette villa et aménagé ma chambre. L'émotion me laisse sans voix. Ainsi, il disait vrai. Il savait que je finirai par venir vers lui. Incroyable. Je n'en reviens pas.

Il est midi quinze. Je rejoins la terrasse où mon père, Valéry, Romane et Madame Flavier sont en grande discussion. Lorsque j'arrive, Philippe dit :— « Ah, Olivier, tu tombes bien. Je disais à Romane que vous pourriez profiter de la piscine tous les deux, cet après-midi. Je suis obligé d'aller sur le chantier avec Valéry.

Le rendez-vous a été fixé à quinze heures, à la piscine. Romane n'est pas là quand j'arrive. Je décide de faire quelques brasses en attendant. Finalement, je la vois approcher. Elle est vêtue d'une sorte de paréo ouvert sur un maillot de bains deux pièces. Je m'aperçois qu'elle a plutôt un joli corps. Elle a également sur la tête un chapeau à larges bords, style capeline et porte une serviette sur l'épaule. Elle a la démarche d'un Top Model. Elle me sourit. Il me semble qu'elle a encore rougi. Elle se débarrasse de ses affaires sur un des transats qui bordent la piscine. Je l'invite à me rejoindre, l'eau est à température délicieuse. Elle rentre timidement et soudain, effectue un plongeon. À la suite de quoi elle crawle une longueur, telle une nageuse professionnelle. J'applaudis la performance. Je lui dis, vous êtes la cousine de Laure Manaudou, ou quoi ?

Elle rit, me rejoint. Elle répond, et encore, vous n'avez pas tout vu. Et elle ajoute si on se tutoyait ? Je lui dis que ça me paraît raisonnable, en effet. Donc, tu es une véritable championne, Romane. Bravo ! Elle dit, je suis sûre que tu nages très bien aussi. Moi, c'est mon père qui m'a appris. Je devrais dire entraînée, car c'est un fou de natation. Maman passe son temps à lire quand nous allons à la plage. Chacun son truc. Elle rit de nouveau. Après quelques brasses et arrosages traditionnels, nous rejoignons les transats. J'ai pris dans ma chambre le lecteur de Cd qui fonctionne aussi sur piles. Il est posé par terre à côté de moi. Je l'enclenche. Je laisse le volume moyen afin de créer une musique d'ambiance. Romantique, oui. Et j'avoue qu'elle me plait bien, Romane. Elle me raconte sa vie à Paris, je lui raconte la mienne. Elle me fait part de son espoir de réussir son stage pour pouvoir rester ici à l'année. Pour l'instant elle logera chez les grands-parents. Car le prix des loyers, à Deauville, c'est de la folie.

La musique a l'air de faire son effet. Je crois qu'elle apprécie. J'essaie d'en rajouter au maximum. J'ai vraiment envie de la séduire. Il me semble que je devrais y parvenir.

Je maudis cette manie que nous avons tous désormais d'avoir un téléphone constamment à portée de mains. Le mien ne se gêne pas pour interrompre mon numéro de french lover. D'autant que, telle une douche froide, je lis le prénom de Mélanie sur l'écran. Je suis en panique totale. Instantanément, je décide de laisser ma messagerie faire son boulot.

— Tu ne réponds pas ? demande Romane.

— Non, c'est ma mère, je la rappellerai plus tard.

J'ai menti. Quand j'étais petit, on me disait que j'irais en enfer pour ça. Aujourd'hui, je sais que c'est ainsi qu'on peut atteindre le paradis.

L'après-midi se poursuit agréablement. Vers dix-sept heures trente, Romane doit rejoindre sa grand-mère. Elle dit qu'elle essaie de l'aider au maximum tant qu'elle n'a pas commencé son stage. Aussi pour compenser le fait que ses grands-parents la logent gratuitement. Je la trouve très bien cette fille. Et pour tout dire, je suis tombé sous le charme. J'espère que nous aurons l'occasion de nous revoir. Je lui pose la question. Elle dit pourquoi pas. Bon, ça se présente plutôt bien. Sauf qu'il me reste peu de temps. Nous sommes déjà le jeudi 28 et la rentrée à l'E.P.D.I, c'est dans quelques jours. Et Alice s'en va samedi.

Mon père n'a pas terminé le récit de notre histoire.

J'ai du pain sur la planche.

*

17

J'ai finalement rappelé Mélanie en prétextant un problème de réseau. J'ignore si elle y a cru, mais elle ne m'a pas fait de remarque à ce sujet. J'ai appris qu'elle était rentrée à Paris. Qu'elle était allée à une soirée organisée par Jérémy qui, parait-il, n'est pas si désagréable que ça. Même plutôt sympa, en fait. Si, si, elle m'assure. Bref, elle attend que je rentre pour m'offrir mon cadeau d'anniversaire. Non, elle veut toujours pas me dire ce que c'est, na ! Bon, d'accord. Oui, je vais pas tarder à rentrer de toute façon. OK, smackou et tout et tout. À tcho !

Dans la foulée je décide d'appeler Maman. Elle doit se demander où j'en suis. Elle a eu la délicatesse de ne pas me déranger depuis mon séjour à Deauville. Délicatesse ou pas envie ? Peu importe. Je peux comprendre. Elle me dit que Martin, Sandra et elle sont rentrés également à Paris. Oui, il ne manque plus que moi, effectivement. J'ai l'impression qu'elle a dit ça comme pour dire : Tu fais quoi, tu rentres ou tu restes chez lui ? Sans répondre directement à cette question, je lui confirme que je serai à Paris dimanche soir. Tant qu'à avoir l'oreille échauffée, j'ai aussi appelé Alice. Merveilleuse Alice, qui s'inquiète de savoir si tout va bien pour moi. Je la rassure et lui dis que, si elle est d'accord, j'aimerais qu'on passe la journée de vendredi ensemble. Elle ne demande que ça, vu qu'elle a décidé de rentrer à Bordeaux samedi.

OK, j'arriverai dans la matinée, vers dix heures, ça ira ? Parfait. Oui, je vais demander à mon père de m'accompagner. Il ne peut rien me refuser, dis-je en riant. Elle rit aussi et dit je t'embrasse, mon lapin, à demain.

*

Philippe et Valéry arrivent en même temps en début de soirée. Les deux véhicules garés, ils se dirigent vers la terrasse où je me trouve déjà. C'est vraiment mon lieu de prédilection, avec ma chambre. Il faut dire que c'est le meilleur endroit de la maison, avec vue sur Deauville et le port. Un enchantement.

Ils sont souriants, tous les deux. Je dis que Madame Flavier a préparé des bières dans la glacière, posée sur une chaise en bout de table. Elle nous a laissé trois verres posés à l'envers sur un plateau. Mon père dit qu'il a une soif du diable. Il retourne les verres et nous tend une canette à chacun. Je demande comment se passe le chantier. Je vois que ça fait plaisir à Philippe. Il explique que finalement, ça n'est pas si simple que ça paraissait au départ. Valéry confirme. Mais il ajoute, on devrait s'en sortir. Je demande à mon père s'il pourra me conduire au camping demain pour mes adieux à Alice. Il sait de qui il s'agit. Je lui ai raconté ce qui s'est passé avec elle. C'est le genre de choses qu'on dit plus facilement à son père, qu'à sa mère, quand on est un garçon. Il me dit qu'il n'y a pas de problème. Il rejoindra Valéry plus tard sur le chantier.

Alors que nous dégustons nos bières, je demande à Valéry s'il n'est pas trop fatigué pour nous jouer un morceau au piano. Philippe s'esclaffe en disant, pour le piano, Val n'est jamais fatigué ! Ça fait rire le concerné qui se lève. Nous le suivons jusqu'à l'instrument. Il me dit, ce soir je vais te faire découvrir un autre génie du jazz et du piano en particulier : Thélonious Monk. Il s'agit d'un musicien compositeur, hors du commun. Son style baroque peut dérouter, mais je l'adore. Je vais te jouer plusieurs extraits de certaines de ses œuvres les plus connues.

Une fois encore, la magie et le talent de cet homme, qui partage la vie de mon père, m'enthousiasment. Comment peut-on être aussi virtuose. Je ne suis pas étonné qu'il ait joué au *Normandy Hôtel*, établissement de prestige. Je constate que mon père apprécie également.

Après le concert privé, comme les autres soirs, nous rejoignons la terrasse. Cette fois-ci je veux passer à la cuisine avec mon père pour me rendre utile. Le plat préparé par Madame Flavier doit se réchauffer au micro ondes. Je suis chargé par Philippe de m'en occuper pendant qu'il met le couvert. Valéry s'occupe du vin. La bouteille remplace les canettes de bière dans la glacière. Comme les autres soirs, c'est un délice de dîner dans cet endroit magique. La nuit commence à tomber plus tôt. On aperçoit déjà les lumières de la ville. De nouveau, Valéry nous fait son numéro comique. Je dois dire que je commence à apprécier le bonhomme pour différentes raisons.

Après avoir débarrassé, comme une tradition, il s'en retourne au piano. Mon père et moi prenons la direction du bureau. Une fois installés, il me demande quand je compte rentrer à Paris. Je lui annonce que j'ai réservé un billet de train pour dimanche à 16 h 38. C'est le seul direct de la journée. Ça me fait arriver un peu avant 19 heures à la gare Saint Lazare. Une demi-heure plus tard à la maison, juste pour mettre les pieds sous la table. Ça le fait rire. Il dit qu'il me déposera à la gare. J'y compte bien, car Alice ne sera plus là.

Je poursuis notre histoire et la conclurai ce soir, me dit-il. Après quoi, tu seras libre de voir si tu souhaites me revoir ou pas. Je respecterai ta décision quelle qu'elle soit.

Papa, je connais déjà la réponse. Mais je ne te dis rien pour le moment. Je souhaite que tu ailles au bout des choses, c'est le seul moyen pour moi d'essayer de te comprendre. Libère-toi, tu me libèreras.

Philippe explique que la sorte d'enlèvement de son fils le rend malade. Il tombe pratiquement en dépression. Il décide de vendre le salon de coiffure, au grand désespoir de Valéry. Celui-ci le soutient malgré tout. Comme la décision paraît irrémédiable, il l'aide dans cette démarche. Philippe veut quitter Paris et reste sur l'idée que l'enfant ne doit pas connaître son père. Autant qu'on lui dise qu'il est mort. Il est persuadé que Colette et ses parents ont raison. Il pense aller voir son père et sa mère en Bretagne et leur expliquer la situation.

Enfin, on va parler de mes autres grands-parents...

Pendant des années, poursuit-il, j'ai papillonné de femme en femme, pour me cacher la vérité. Je suis homosexuel. Je n'ai plus envie de me mentir. En réalité, je me rends compte que je n'ai jamais menti à personne d'autre qu'à moi-même.

Je demande à mon père :

— Peux-tu me parler de tes parents, s'il te plait ?

—Ils sont libraires à Loudéac, une petite ville bretonne de moins de dix mille habitants. J'y suis né. Je suis fils unique. J'ai toujours été en osmose avec eux. Colette, ta maman les connaît. Nous avions passé un week-end prolongé chez eux, avant ta naissance. Ils étaient heureux de savoir qu'ils allaient avoir un petit-fils, ou une petite-fille. On ne connaissait pas encore ton sexe à ce moment là.

Si tu savais comme j'ai envie de les connaître, Papa. Bien sûr, Maman s'est bien gardée de me parler d'eux. Je comprends pourquoi, évidemment.

Quand je suis allé me reposer, je devrais dire me réfugier, chez eux, poursuit Philippe, j'ai décidé de leur expliquer toute l'affaire. Ainsi que je le fais actuellement pour toi. Auparavant, je les appelais souvent au téléphone. Ils savaient qu'on attendait un garçon. Ils connaissaient aussi ton prénom.

Ils s'attendaient plus ou moins à ce que nous arrivions, Colette et moi, avec le bébé dans les bras. Lorsque j'ai commencé à raconter ce qui s'était passé et que du coup, j'ai dû faire mon coming out, leur déception fût immense.

Malgré tout, l'un comme l'autre ont approuvé ma décision. Même si mon père aurait souhaité que je me batte un peu plus, un peu mieux. Mais, il s'en est remis à mon ressenti. Je dois dire que j'ai des parents extraordinaires. Ils ne m'ont fait aucune réflexion concernant mon déni par rapport à mes options sexuelles. Mon père a dit : Un jour, c'est ton fils qui viendra vers toi. J'ai toujours pensé qu'il avait raison. Tu viens de nous le prouver à tous les deux. Je suis resté une semaine avec eux. Valéry m'appelait tous les jours. Un soir, il m'annonce au téléphone qu'on lui proposait un chantier à Deauville. Un de ses amis qui résidait sur place. Il me demande si je veux venir avec lui. Je saute sur l'occasion afin de me laver le cerveau de cette angoisse que je trimbale en permanence.

Je suis rentré à Paris et nous sommes partis pour la Normandie le lendemain. Avec la voiture de Valéry. Il s'agissait de la déco d'une villa de luxe. Nous étions logés dans une sorte de studio en entresol du chantier. Il me restait de l'argent de la vente du salon. Ça nous a permis de survivre. Je dis survivre car l'affaire fut une catastrophe. Entre temps, les propriétaires avaient vendu la résidence. Les nouveaux acquéreurs ont refusé de payer Valéry, sous prétexte qu'ils n'avaient pas demandé de décorateur. Pour tout arranger, ils nous ont demandé de dégager du sous sol. Pas question de rentrer à Paris, je n'en avais plus envie. Nous avons loué un bungalow à l'année dans un camping. Je me suis fait embaucher comme garçon de café dans un établissement ouvert toute l'année. C'est Valéry qui assurait mes aller retour entre le bar et le camping.

De son côté, il a pu faire des remplacements en tant que pianiste, comme je te l'ai déjà expliqué, au *Normandy Hôtel*.

Ce qui arrondissait nos fins de mois. Beaucoup de temps a passé sans qu'il retrouve le moindre chantier. Je conservai cet emploi de serveur. Je devais travailler le soir et aussi le dimanche matin. J'aurais pu rechercher un emploi de coiffeur, mais cette profession me ramenait inéluctablement à mes tourments. Un jour, mon patron a décidé de vendre. Un jeune couple s'est présenté comme acheteur. La vente fut conclue sous condition qu'il garde le personnel en place. Ce qui fut fait. Mes nouveaux patrons ont vite eu l'intention de moderniser l'établissement. Je leur ai dit que je connaissais un architecte d'intérieur.

Je leur ai présenté Valéry.

*

18

J'écoute mon père raconter sa vie. Sa vie sans moi et sans maman. Je suis surtout admiratif de ce côté abnégation fait pour me protéger, c'est évident. Je le comprends à présent. Quel gâchis. Mais qui est fautif dans l'histoire ? Personne. Tous victimes, finalement. Il continue de m'expliquer qu'ils ont vécu ainsi, chichement dans une ville hors de prix, plusieurs années de suite. Jusqu'au jour où la chance a frappé à leur porte. Valéry s'est vu confié un chantier important dans un nouvel hôtel. Il l'a mené de main de maitre. Il s'est adjoint les services de mon père pendant ses heures de repos. À eux deux, ils ont réussi. Le projet a été adopté par le propriétaire des lieux et une avance de fonds substantielle leur fut versée.

À partir de là, tout est allé très vite. La réputation de Valéry a fait son chemin dans la ville et alentours. Les chantiers se présentaient les uns après les autres. Il a demandé à mon père de suivre une formation pour obtenir un brevet d'architecte d'intérieur reconnu par le CFAI. (1) Tout en suivant ses cours, Philippe a secondé Valéry pendant deux ans avant d'obtenir son diplôme. Ils ont ainsi commencé à vivre confortablement de leur travail. Malgré tout, ajoute Philippe en me regardant, je pensais à toi constamment. Je t'imaginais grandir au fil du temps. Mais grandir sans moi. C'était une torture permanente.

(1) *Conseil français des architectes d'intérieur*

Tu devais avoir quatre ou cinq ans lorsque j'ai dit à Valéry « — Je m'en vais quelques jours, il faut que je voie mon fils.» Il m'a donné son feu vert. J'ai rejoint le village de tes grands-parents. On m'a indiqué leur maison. Je prenais le risque de tomber sur ton grand-père, mais j'étais décidé à lui tenir tête. C'est ta grand-mère seule qui m'a reçu. Lui était à son travail à Agen. Elle m'a dit Olivier est à la maternelle. Mais il est préférable qu'il ne vous rencontre pas. Vous comprenez, on risque de jaser dans le village et, en plus ça pourrait le perturber. Par ailleurs, je ne souhaite pas que mon mari et ma fille soient au courant. Comprenez moi. Mais, attendez, je vais vous donner quelque chose. Et c'est là qu'elle m'a tendu la photo que tu as remarquée ici même. Je l'ai remerciée et me suis rendu vers l'école sans le lui avoir dit. Muni de la photo, j'ai attendu la récréation et en chialant toutes les larmes de mon corps, je t'ai regardé jouer avec tes petits copains. Puis, je suis reparti vers Deauville.

Incroyable ! Mamie ne m'a jamais parlé de ça non plus. À croire que Maman avait donné ses ordres à tout le monde. À moins que ce soit plutôt Papy René. Oui, c'est ça, c'est lui qui jouait les cerbères. J'en suis sûr...

Voilà, Olivier. Tu sais maintenant l'essentiel. Il te reste certainement mille questions à me poser. J'y répondrai. Si toutefois tu reviens me voir.

En attendant, je te propose d'aller dormir, il est tard.

***

Il est à peine huit heures et demie du matin lorsque mon père entre dans ma chambre. Il sait que je tiens à passer le plus de temps possible avec Alice. C'est tout juste s'il ne s'excuse pas de venir me réveiller. Je lui dis qu'il a eu parfaitement raison. C'est vrai que c'est mon dernier jour avec elle. Le premier sentiment que j'éprouve est une joie immense de passer ces délicieux instants en sa compagnie et le second une profonde tristesse de savoir que ce seront les derniers.

Elle a dit : Nous nous reverrons, c'est sûr. Mais je crois bien que c'est impossible. À moins que je décide de venir vivre à Deauville. Nous nous croiserions l'été. Mais là, Enzo sera entre nous, c'est évident. Ce qui est évident également, c'est que je ne fais pas le poids par rapport à lui. Elle est complètement tordue de ce type. Je n'ai été qu'une aventurette dans sa vie. Un pis aller. Un intermède. Peu importe, elle m'a sauvé et de mon côté j'en ai fait autant dans un moment plutôt morose. Je pense qu'elle ne m'oubliera pas.

Après une douche rapide, j'avale mon café et empoche un croissant pour la route. Philippe me dit que j'aurai dû prendre le temps de déjeuner correctement. En riant il ajoute : Tu vois, je me prends pour ton père !

Papa, tu es mon père. Je n'ose pas te l'exprimer à voix haute. Mais, sois en persuadé. Nous sommes deux imbéciles face à face, qui ne savent pas comment se comporter l'un envers l'autre. T'inquiète, P'pa, t'inquiète, je ne meurs pas de faim. Et puis, l'amour m'attend, tu comprends ça, hein, P'pa ?

En route vers le camping je ne peux m'empêcher de penser que je prends le Cherokee sans doute pour une des dernières fois. Il y aura encore l'accompagnement à la gare. Mais après…Après, ce sera le retour à Paris. Le retour à la routine. Aux planches à dessin. Aux copains, aux copines. Tiens, au fait, je n'ai plus de nouvelles de Mélanie depuis quelques jours. De mes deux mousses non plus, d'ailleurs.

Je pense que tout le monde est rentré à présent. Pour moi ce sera dimanche. Oui, après demain. Déjà.

Le temps a passé trop vite. Pas vraiment réveillé, je me perds dans mes pensées. Je regarde Philippe, il me semble qu'il a l'air triste. Lui aussi sait que c'est sans doute la fin d'une séquence que nous aurions souhaitée plus longue. Un simple épisode. Y aura-t-il une suite ? Seul l'avenir nous le dira.

J'essaie de plaisanter un peu avec lui, mais je sens bien qu'il n'a pas le cœur à ça. Je suis sûr qu'il meure d'envie de me demander si je vais revenir vers lui et qu'il n'ose pas. Je m'oblige à devancer sa question.

— J'aurai quinze jours de vacances en décembre, je viendrai sûrement au moins une semaine à Deauville.

Je vois que son visage s'éclaire. Pour détendre l'atmosphère j'ajoute en riant : —« À moins que tu n'aies loué ma chambre d'ici là !

Ça le fait rire aussi. Il répond : — « Personne d'autre que toi n'occupera jamais cette chambre, sois en sûr.

— Je sais, c'était pour plaisanter.

— C'est comme ça que je l'ai pris aussi.

Nous arrivons à l'entrée du camping. Comme les autres fois, il me laisse sur le parking près de la réception. Je lui rappelle qu'il devra venir me chercher demain matin vers dix heures. Il me dit qu'il n'oubliera pas. J'ai une folle envie de l'embrasser pour lui dire au revoir, mais je ne le fais pas. En a-t-il envie aussi ? Toujours est-il que nous nous quittons sur un simple « au revoir, à demain » « oui, à demain ». C'est ainsi. La pudeur peut-elle tuer l'amour ?

Je vais à pied jusqu'au mobile home. Il fait un temps superbe. De loin, je vois que la porte d'Alice est ouverte. Comme les fois précédentes, une odeur de café frais m'accueille. Elle est installée à la table et me sourit dès qu'elle me voit. Elle se lève et m'enlace. Pose ses lèvres sur les miennes. Elle dit : « Bonjour, mon lapin, j'étais impatiente.

Elle me sert un café sans me demander si j'en veux. Ce sera le second en peu de temps, mais tant pis. Alice aurait pu me servir un potage à la courge que je l'aurai bu. Cette femme me fascine. Belle n'est pas le qualificatif qui lui convient le mieux. Mais elle a une classe terrible. Et puis, c'est une femme libre, ça se sent. Sa seule prison, c'est l'amour qu'elle a pour Enzo. Elle le reconnaît. Je lui ai déjà demandé si elle considérait qu'elle l'avait trompé avec moi. Elle m'a répondu : Nous sommes un couple libre aussi bien dans la tête que dans le corps. Enzo connaitra notre aventure. Je lui parlerai de toi.

Elle veut savoir où j'en suis avec mon père.

Je lui raconte mon séjour, ses confidences, nos rigolades avec Valéry. Le piano de Valéry. Madame Flavier, sa petite fille dont je suis en train de tomber amoureux. Les relations avec mon père ? Euh… comment dire, j'ai envie de l'intégrer comme tel et pourtant quelque chose en moi m'en empêche. Alice me demande si c'est parce qu'il est homo ? Évidemment, il y a de ça, bien que je m'en défende. Mais, il s'agit de mon père et c'est pas facile à admettre.

Alice me démontre une chose à laquelle je n'avais pas pensé : Imagine que ton père soit une star du showbiz, un acteur, un chanteur, que sais-je, un ministre peut-être ? Je pense que les choses seraient plus simples pour toi et aussi pour lui. On admet plus facilement l'homosexualité d'un chanteur que celle d'un charcutier, non ? dit-elle en riant.

Effectivement, je n'avais pas vu les choses sous cet angle. Si je vais revenir vers lui ? J'en ai très envie, bien sûr. Je n'ai pas fini de le découvrir, loin s'en faut. De même qu'il ne me connaît pas non plus. Et puis, j'ai des grands-parents Bretons que j'aimerai bien rencontrer. Ah ? Je n't'avais pas dit ? Désolé, je croyais. Oui, dans l'ensemble, je suis plutôt confiant en l'avenir. Et puis, son associé et lui font un métier que j'ai découvert et que j'adore. À propos de Valéry, un soir que nous dinions sur la terrasse, il m'a dit : J'espère que tu reviendras. Je n'aurai jamais d'enfant mais, je ne serai pas contre avoir un neveu

Alice dit que c'est charmant. Et intelligent, surtout. Car, en disant ça, non seulement il te fait comprendre qu'il t'accepte mais en plus, il joue dans le camp de son compagnon. En tout cas, quoi qu'il en soit, que tu le veuilles ou non, Philippe est ton père, point final.

— Tu as raison, Alice, j'en suis conscient. Ce qui est étrange dans cette situation, c'est qu'on entend plus souvent des parents découvrir l'homosexualité de leurs enfants, plutôt que l'inverse. Pourtant la formule-réponse est la même « pourvu qu'ils soient heureux ».

— Tu as bien résumé la situation, mon lapin. J'espère que tu restes avec moi ce soir, car je t'ai réservé une surprise pour notre dernière journée.

— Bien sûr, je reste, évidemment je reste. C'est quoi la surprise ?

— Par définition, tu n'en sauras rien avant qu'elle n'arrive.

Bien joué, Alice, bien joué. Peu importe la surprise, je suis heureux d'être avec elle. Elle me rassure. Ses mots sont justes et ses réflexions sans tabous. J'ai besoin de ça, car j'avoue que je suis un peu perdu devant la situation particulière que je suis en train de vivre.

Alors, oui, merci Alice.

***

19

La dernière soirée avec Alice est délicieuse. Elle m'avait promis une surprise pour notre dernier soir et elle n'a pas raté son affaire. En fin d'après-midi, nous voici à Deauville. Elle se gare avenue de la mer, à proximité d'un magasin de vêtements « Club House ». Nous y rentrons. Apparemment elle connaît bien le patron. Ils se font la bise et elle lui dit : Voici Olivier, mon neveu. Tu vas l'habiller chic pour ce soir, s'il te plaît. En deux temps, trois mouvements, me voilà pourvu d'un accoutrement qui ressemble étrangement à celui dans lequel j'ai rencontré mon père.

Chemisette bleu marine, pantalon blanc et mocassins souples assortis. Le type note les rectifications et les promets pour dans une heure. Parfait, dit Alice. Une fois sortis du magasin, je proteste pour la forme, mais je suis ravi. Je n'ai jamais été aussi bien habillé de ma vie. Elle me dit que j'ai raison de protester et que de son côté elle a bien fait de ne rien entendre. Une fois de plus, c'est l'humour qui clôt la discussion.

C'est ainsi qu'après avoir revêtu les vêtements une heure plus tard, je me retrouve à ses côtés dans la Coccinelle. Nous allons jusqu'à la plage. Alice décide que nous allons marcher un peu sur les planches, beau comme tu es on va sûrement te prendre pour un acteur de cinéma, me dit-elle. Nous rions tous les deux mais, je dois avouer que je me sens un autre homme dans ces vêtements de luxe. En même temps, un peu gigolo aussi.

Cependant, je vois qu'elle est heureuse de m'avoir fait plaisir et c'est l'essentiel. À mesure que nous avançons près des célèbres cabines de plage, je sens effectivement, quelques regards de femmes se poser furtivement sur moi. Alice en est consciente, ça l'amuse. Je pensais que la surprise consistait dans l'acquisition de cette tenue de playboy, mais c'était mal connaître Alice. Il est dix neuf heures trente lorsque, remontant à pied, nous nous retrouvons rue Jean Mermoz devant le célèbre restaurant du Normandy, *La Belle Époque*. Alice me prend par le bras et, à mon grand étonnement, entreprend de rentrer à l'intérieur de l'établissement. Je suis éberlué, mais je la suis. Un maître d'hôtel se dirige vers nous.

— Bonsoir, Madame Chandler. Ravi de vous revoir. Je vous conduis à votre table.

— Bonsoir, Georges. Voici mon neveu, Olivier, qui passe quelques jours avec moi, dit-elle en me désignant.

Je dois dire que je suis carrément scotché. Je ne m'attendais pas du tout à une surprise de ce style. Sans parler du décor luxueux de l'endroit. Je suis subjugué. Alice me dit qu'elle y vient très souvent avec Enzo. Ils aiment, l'un et l'autre le côté rétro du lieu. Je comprends pourquoi elle a voulu me rhabiller de la tête aux pieds. C'est vrai que je me sens plus à mon aise dans cette tenue qu'avec mon tee-shirt et mon bermuda. On nous sert à chacun une coupe de champagne. Alice dit que nous devrions porter un toast à notre amitié. Pour ma part, j'aurai choisi un autre mot, mais si elle dit amitié, je veux bien la croire aussi. Elle ajoute que cette rencontre était, non seulement inéluctable, mais également une bouée de sauvetage pour les deux noyés de l'amour que nous étions.

Je lui fais remarquer que si elle a prolongé son séjour sur le mois d'août, ça aussi c'était écrit. À l'époque elle avait dit : « Je ne sais pas pourquoi, mais je sens que je dois le faire ».

Tu vois, Alice, nous avons la réponse aujourd'hui. Elle dit, je suppose que tu as raison, mon lapin.

Le retour au camping est extrêmement joyeux. Nous chantons en même temps que l'auto radio. Sans doute pour cacher la tristesse de nos prochains adieux. Une fois encore, la nuit nous réunit corps et âmes.

Au matin, après le café au goût amer pour nous deux, les yeux humides nous nous disons au revoir. Promis, je te donnerai des nouvelles. Toi aussi, écris moi un texto de temps en temps. Merci pour tout et surtout d'être ce que tu es, me dit-elle. J'ai la gorge trop serrée pour répondre quoi que ce soit. Aujourd'hui, c'est samedi, donc le jour qu'elle a choisi pour rentrer à Bordeaux. Une belle histoire qui se termine pour moi. Une autre va recommencer pour elle. Je l'embrasse et pars sans me retourner, jusqu'à l'endroit où je sais qu'elle pourra encore me voir. Au dernier moment, je fais volte face et lui fais signe de la main. Je perçois mal sa silhouette, ma vue est brouillée.

Il n'est pas loin de dix heures lorsque je rejoins le parking de la réception. Philippe est déjà là. Il m'accueille d'un grand sourire dès que je monte dans le Cherokee. Il trouve que j'ai l'air triste. Je confirme. Je suis affecté d'avoir quitté Alice. Il sait combien elle a compté pour moi. Il dit qu'il comprend.

Il m'annonce qu'il a organisé, avec la complicité de Valéry, le repas de midi auquel il a invité Monsieur et Madame Flavier ainsi que leur petite fille Romane pour marquer notre dernier jour ensemble. Je dis que c'est une très bonne idée, en effet. Mais la joie n'éclate pas dans mes propos. Il s'en rend compte. Il me propose de faire un tour à Deauville, si j'ai envie de faire ou de voir quelque chose. Visiblement, il ne sait pas quoi faire pour chasser mon spleen. Je le remercie. Je voudrais tellement être plus avenant vis à vis de cet homme qui cherche à me faire plaisir. Mais j'ai vraiment du mal à accepter sereinement la séparation avec ma merveilleuse Alice.

Nous roulons vers « la maison ». Une fois arrivés, je dis à Philippe que je voudrais prendre une douche avant de recevoir nos invités du jour. Le vrai prétexte c'est que j'ai follement envie de me retrouver de nouveau dans cette chambre qui est la mienne et que j'adore. Je m'empêche de faire la comparaison avec celle de la rue Rampal, mais je dois avouer qu'il n'y a pas photo. Ce n'est pourtant pas ce qui me fera revenir ici. Si toutefois je reviens. J'ai besoin de réfléchir à tout ça et je pense que j'y parviendrai plus facilement à Paris.

En fait, je n'en suis même pas sûr.

Comme je suis devant l'ordi, j'en profite pour faire un tour sur Facebook. Les copains y sont presque tous. Je vois que Jéjé a posté des photos de Corse. Denis des photos de ses conquêtes, ou prétendues telles. Sacré Denis ! Tiens, Mélanie à la soirée donnée par Jérémy. Apparemment ils ont l'air très intimes, tous les deux. Bof, c'est bien. Finalement elle n'était pas si amoureuse que ça de ma pomme. Mon orgueil en prend un petit coup derrière les oreilles. Pas grave. Instantanément, je pense à Alice. Oh, la la, my God, si tu savais Mel ! Bon, rien d'intéressant, sinon. Je ferme.

Je m'allonge sur mon lit les mains derrière la tête et les yeux au plafond. J'essaie de faire le point.

Je n'y parviens pas. Je laisse s'écouler le temps en rêvassant. Puis je me lève. Je vais jusqu'à la baie vitrée qui donne sur le jardin. J'aperçois Romane qui monte par le chemin qui relie la maison de ses grands parents à la villa paternelle. Je passe à la salle de bains. Je me rafraichis seulement le visage et mouille mes cheveux. Je m'asperge de déodorant. J'échange mes vêtements de plage contre la tenue que m'a offert Alice. Que je fasse bon effet à l'assistance.

Tout le monde est là quand j'arrive sur la terrasse. Philippe me dit que je suis très élégant. Madame Flavier aussi. Valéry confirme. Seuls, Georges et Romane ne disent rien. Elle me regarde et comme à son habitude, rougit légèrement.

Madame Flavier propose de servir l'apéritif.

Philippe acquiesce.

Je me sens bien.

*

Après le repas, plutôt joyeux entre les blagues de Valéry et les anecdotes de Georges Flavier, c'est moi qui sollicite Philippe pour un ultime entretien avant mon départ. Il s'empresse d'accéder à ma demande. Personne n'a voulu de café après le dessert. Mon père a demandé à Monique de nous apporter la cafetière italienne et deux tasses dans le bureau. C'est lui qui nous sert après que celle-ci ait refermé la porte.

Aujourd'hui, j'ai entrepris de lui poser des questions. Il est d'accord sur le principe. Je préfère, me dit-il. Pour commencer, je veux savoir la raison exacte pour laquelle il n'a pas voulu engager une procédure pour assumer sa paternité.

— Je crois t'avoir répondu en partie, Olivier. C'est une prise de conscience subite qui a fait que je me suis départi du déni que je trimballais en permanence comme un bagage à mains. En effet, à partir du moment où j'ai compris que l'histoire avec Valéry n'était pas anecdotique, je me suis rendu compte que cela pouvait se reproduire. En admettant que je mette fin à notre relation, cela pouvait se répéter. Se répéterait fatalement. Demain, après demain, dans un mois, dans un an. Peu importe, j'en étais certain, désormais. C'est là que la prise de conscience a été brutale, mais nécessaire. Je me suis demandé comment réagirait mon fils quand il saurait. Ce n'est pas de la lâcheté. J'ai arrêté de me mentir, tout simplement. Oui, j'en ai souffert. Pour que toi, tu ne souffres pas. Je devais assumer mon orientation sexuelle une fois pour toutes.

Je comprends, Papa. J'ignore comment j'aurai réagi, gamin en apprenant que mon père était homo. Certainement très mal, ne serait-ce que vis à vis des copains à l'école. Je n'ose pas te dire que tu as eu raison, mais je le pense très fort. J'admire ton abnégation.

J'ai voulu lui demander aussi, s'il avait pu renouer un dialogue quelconque avec Maman au fil du temps. Il répond qu'il a essayé à plusieurs reprises, sans succès.

Vu qu'il avait décidé de s'effacer de ma vie, il a même proposé à Maman de lui verser tous les mois une certaine somme d'argent à définir et en espèces, pour éviter toute trace.

Ne serait-ce que pour assumer sa part à l'éducation de son fils. Elle a toujours refusé, disant je ne te demande qu'une chose, c'est de disparaître définitivement de ma vie et de celle de mon enfant.

Maman, tête de pioche comme son père, Papy René. Comment peut-on être aussi têtue ? Comment peut-on réfuter tout argument quel qu'il soit ? Être bornée à ce point tient du prodige !

Je veux savoir aussi quelle a été l'attitude de Valéry au fil du temps par rapport à cette situation.

— Valéry m'a constamment poussé à entreprendre des démarches de toutes sortes. Y compris de conciliation avec la mère de mon fils. Il a toujours été prêt à s'investir et même à s'éloigner complètement pour me laisser les coudées franches. Il m'a soutenu quand j'étais au bord de la dépression. Il a été fort pour deux. Il serait parti si je le lui avais demandé. J'ai toujours refusé.

J'avais pris la décision de m'esquiver par rapport à toi, comme je te l'ai expliqué. Il y avait une autre raison. Mon père m'a toujours dit : Un jour, c'est ton fils qui viendra à toi. J'ai toujours su que c'était vrai. Persuadé de cela, je me suis dit que, selon l'âge que tu aurais lors de notre rencontre, tu serais capable de juger et de faire ton choix devant cette situation pour le moins spéciale. J'ai rêvé de toi toutes les nuits pendant ces années. Je devrais même dire le jour. Je te voyais partout où il y avait des enfants. Je te voyais dans les films, dans les reportages. Si je passais près d'une école, instinctivement, je te cherchais des yeux. Lorsque j'ai entendu ta voix au téléphone, j'ai cru m'évanouir. Quand nous nous sommes rencontrés au *Morny's*, j'ai su que c'était le plus beau jour de ma vie.

Et il le restera quelle que soit la suite de notre histoire.

Papa, si tu savais combien ce jour a été beau pour moi aussi…

***

20

J'ai toujours aimé prendre le train. C'est carrément une passion chez moi. C'est vraiment le mode de transport que je préfère. Je parle des vrais trains. Ceux qui ronronnent comme des gros matous pendant tout le trajet. Pas des Tgv. Ceux dont on entend hurler les rails en dessous de soi. Qui changent de ton selon comme on se déplace dans le wagon.

Certaines années, comme Martin ne pouvait pas partir en même temps que nous, pour rejoindre Ault, nous prenions le train, Maman et moi. Ça me remplissait de joie. J'aimais aussi me balader dans le couloir. M'appuyer le nez et les mains contre la vitre et regarder défiler le paysage. Toujours, accompagné aux percussions par ce contact permanent entre les roues métalliques et la voie ferrée.

Aujourd'hui, même si je me laisse bercer par ce bruit de fond que j'aime tant, le voyage est moins euphorique. Il va me ramener à mon quotidien, celui que je déteste. J'ai l'impression d'avoir vécu un rêve. Je me repasse le film depuis le début. Le camping, l'enquête avec mes potes, la découverte de Deauville, la plage, les quatre minettes. Mes deux rencontres exceptionnelles, Alice et Papa. Tiens, j'ai pensé *Papa*.

Jusqu'à présent je pensais *Philippe*, ou *mon père*.

Comme c'est drôle, j'ai souvent eu envie de l'appeler Papa et je n'ai jamais osé. Qu'est-ce qui m'en a empêché ? Pas lui, en tout cas. Je suis sûr qu'il n'aurait demandé que ça. Alors ?

Alors, je n'en sais rien. Je viens de vivre une expérience à laquelle je ne m'attendais pas du tout. C'est sans doute ce qui a motivé ma retenue. Mais, j'ai apprécié l'homme. Ça, c'est certain. Je voudrais m'empêcher de me sentir mal à l'aise. Je me dis qu'il n'y a aucune raison. Enfin, moi, je n'en trouve aucune. Il se peut que ce ne soit pas le cas de tout le monde. Pour ne parler que de Maman, par exemple. Et les autres ? Jéjé, Denis, Martin, Mélanie. La société, quoi. Que vont-ils en penser ? Après tout, je ne suis pas obligé d'expliquer quoi que ce soit à qui que ce soit. Les autres vont vouloir savoir. C'est terrible « les autres ». On ne sait pas qui c'est, mais on en a peur. C'est Sartre je crois, qui disait un truc de ce genre. Il disait que l'enfer, c'est les autres. Oui, c'est ça, l'enfer.

Quoi ? Oui, mon père est homosexuel et alors ? Et alors ? Mais ça ne se dit pas, mon bon monsieur ! Ce n'est pas correct, comprenez-vous ? À ce compte là, je pense qu'il y a pas mal de choses qui ne devraient pas se dire. Oh, et puis merde ! Pourquoi je m'angoisse. Je dirais qu'il est célibataire et... non, je sais : divorcé après trois mariages. Ça fait chic, ça, non ? Homme à femmes, Don Juan et tout et tout... Voilà, c'est ça que je vais leur servir comme soupe à tous ces imbéciles. Oui, imbéciles, parfaitement. Comment peut on encore en être là au vingt et unième siècle ?

Je me pose la question.

J'ai bien peur de n'avoir jamais la réponse.

*

Tout a l'air gris. Tout a l'air moche. La gare Saint-Lazare. Le métro. La rue de Belleville. La rue Rampal. L'escalier, l'appartement. Tout. Maman et Martin m'accueillent avec le sourire. Ça compense le reste. Oui, bon voyage, merci, c'était pas non plus le bout du monde. Et Sandra ? Ah oui, dimanche prochain, c'est vrai. Et toi, Maman ? Fatiguée, ah ? Tu disais, Martin ? Le collier, faut reprendre le collier ? Ah, oui. Si je suis motivé ? Euh… il faudra bien. C'est mardi. J'ai encore un jour de répit. Faut que je prépare mes affaires.

Je me sens épuisé sans avoir rien fait. La pression que je me suis mis tout seul qui se relâche, sans doute. Bref, on efface tout et on recommence. Je vais jusqu'à ma chambre, vider mon sac à dos. Mettre le linge au sale et ranger le reste. Je n'ai pas encore montré ma tenue de play-boy à Maman. Elle va me demander d'où ça sort, c'est sûr. Je dirai que c'est mon père qui me l'a offerte. Elle ne risque pas d'aller lui demander si c'est vrai. Hors de question que je parle d'Alice. C'est et ça restera mon jardin secret. Mon merveilleux secret.

La soirée est tranquille et plutôt sympa. À table, ils me racontent tous les deux des anecdotes de Ault. Surtout celles concernant Sandra. C'est normal. Marguerite et Henri ont demandé de mes nouvelles. C'est gentil. Et Mémé Didine ? Égale à elle-même. Un personnage. Si ça m'a manqué ? Euh… non, pas vraiment. J'ai découvert plein de choses en Normandie. Oui, je vous raconterai, bien sûr. *Maman, je suis sûr que tu boues d'impatience que je te parle de Papa. Je suppose que tu me questionneras lorsque nous serons seuls. Je m'y attends, tu sais. Non, tu vas pas être déçue. Je te promets.*

Martin a préparé un gâteau spécialement pour mon retour. Il est vraiment gentil, ce type, finalement. Il dit qu'il reprend son taf demain et qu'il n'a pas trop envie. À chaque retour de vacances c'est comme ça. On devrait en avoir l'habitude. Non, tous les ans, c'est le même scénario, me dit-il. Je comprends. Moi-même je ne suis pas très enthousiaste de retourner sur les planches. Je préférais celles de Deauville.

Je revois encore la tête de Papa lorsqu'il m'a déposé à la gare. D'une tristesse ! Il a fait semblant jusqu'au bout. Jusqu'à me dire : —« Je te laisse attendre le train seul, il faut que j'aille rejoindre Valéry rapidement pour un problème sur le chantier. À bientôt, reviens quand tu veux.

Le chantier…! Papa, tu me prends pour un blaireau, ou quoi ? On est dimanche, alors le chantier, tu m'excuseras. Bon, j'ai fait mine d'y croire. Pour les mêmes raisons que lui. Je nous voyais pas tomber en larmes dans les bras, l'un de l'autre. Non, tu as bien fait, Papa. Tu m'as menti, mais tu as bien fait. Et maintenant, tournons la page.

Et sur qui je tombe, page suivante ? Alice.

Que fait-elle, actuellement ? Elle a dû retrouver son appartement Bordelais. Je me demande si elle a quelqu'un qui lui fait le ménage. Je ne sais pas pourquoi je pense à ça. Enfin, si, je sais. Alice, c'est pas le même genre que Maman, toujours avec un chiffon à la main ou l'aspirateur en bandoulière. C'est une artiste. Oui, c'est vrai qu'elle pourrait être ma mère, maintenant que je fais la comparaison. En effet. Bizarre, d'ailleurs, ça ne m'avait pas effleuré l'esprit jusqu'à présent. Elles ont un an et demi de différence, pas plus. J'ai une folle envie de lui envoyer un texto. Non, je ne vais pas le faire.

C'était une belle histoire, mais elle est terminée.

Je dois passer à autre chose, désormais.

***

Ils sont venus, ils sont tous là, comme dans la célèbre chanson. Jéjé, qui raconte ses plongées en Corse, Denis ses soi-disant conquêtes, photos à l'appui. Tchang, qui s'est entraîné à dessiner sur les Tee-shirts, pour changer des cravates. Et puis, Mélanie accrochée au bras de Jérémy comme une moule à son rocher. Elle me fait un grand sourire dès qu'elle me voit. Lui ne me calcule même pas. Genre, « t'as vu, j't'ai piqué ta meuf, c'est moi que j'suis l'meilleur. » *Si tu savais ce que j'ai vécu à Deauville, mon pauvre Jérem'. Enfin, passons…*

Mélanie me claque la bise et me remet un paquet cadeau, sorti de son sac à mains. Le papier est légèrement froissé. Le bolduc défraichi. Forcément, depuis le 6 Juillet. C'est un CD de Caravan Palace. Elle ne s'est pas trompée, j'adore. Elle me souhaite un bon anniv' en retard. Merci Mel. T'as passé de bonnes vacances ? Chez ta grand-mère ? Ah, mince ! Si, c'était bien ? Bon, tant mieux. Et sinon ? Ben, rien, me dit-elle en s'agrippant un peu plus au bras de « Môssieur j'me la pète grave ». Le café espresso du Balto est toujours aussi mauvais. Par contre il fait un temps superbe. Un magnifique soleil inonde la terrasse où s'échangent les clopes et les vidéos de vacances. Moi qui comptais être de mauvaise humeur, c'est raté.

Dès la rentrée, je retrouve ma planche et ma place à côté de Tchang qui me montre quelques photos de ses derniers chefs-d'œuvre sur tissus. Il veut que je choisisse un modèle pour seulement dix euros. Je lui fais savoir que je suis rentré plus fauché que je ne suis parti. Il essaie de négocier à la baisse mais, finalement n'insiste pas. Il commence à installer ses calques sur sa planche. J'en fais autant. Toute la matinée mon esprit est ailleurs. Arriverai-je à me concentrer ? Me recentrer sur moi-même ? Je suis encore dans mon film Normand et j'ai vraiment du mal à en sortir. Il semblerait que le prof ait parlé pendant au moins vingt minutes, en introduction. J'espère qu'on ne va pas me demander de répéter ce qu'il a dit. Je n'en ai aucune idée.

À midi on décide, avec les mousses, d'aller manger au Quick tout proche avant de reprendre les cours. On a tellement de choses à se dire. Ils ont tellement de questions à me poser. C'est Jéjé qui attaque.

— Alors, raconte un peu le coup de téléphone, à propos de la carte que j'avais laissée chez le coiffeur ? dit-il.

J'explique la conversation téléphonique avec Madame Flavier, le covoit', le rendez-vous avec mon Pater, la rencontre.

Mon trac quand je lui ai parlé pour la première fois. Et puis, la villa, les chantiers, la piscine, ma chambre, etc.

— Super ! dit Denis. Et avec ta belle mère, ça va ?

— Ma belle-mère ? Quelle belle-mère ?

— Ben, la meuf de ton Pater… elle est cool ?

— Ah… je… mais, ah, oui, enfin, non je veux dire, il n'est pas marié. Enfin… plus marié.

— Ah, d'accord, dit Denis. C'est cool pour toi, du coup.

— Euh…je vois pas le rapport. Mais, effectivement, comme tu dis, c'est cool.

C'est la question qui tue. Et directe, en plus. C'est vrai que je ne l'ai pas vue venir. Bon, je m'en suis pas trop mal tiré, je crois…Mais ça, c'est le genre de truc qui va se renouveler n'importe quand, avec n'importe qui. Faut que je fasse gaffe.

Dans l'ensemble, on est plutôt contents de se retrouver. On se remémore un peu nos vacances, notre enquête. On est tous les trois d'accord pour dire que finalement, c'était plutôt sympa. C'est sûr, j'irai sûrement en vacances, maintenant que j'ai un point de chute. Oui, ça serait marrant qu'on se retrouve là-bas, en effet.

Bon, les gars, on va y aller, c'est bientôt l'heure.

*

C'était à prévoir. À peine rentré à l'appart', Maman profitant du fait que Martin n'est pas là, me fait subir un interrogatoire. J'ai beau lui dire que le prof m'a filé une tonne d'exercices pour demain, elle ne veut rien savoir. Enfin, plutôt, si…Elle veut tout savoir. Comment j'ai trouvé mon père. Physiquement ou géographiquement ? Les deux. Bon, d'accord. Si j'ai été choqué ? De… ? Ah, oui, bien sûr. Ben, en fait, oui un peu, mais je me suis fait une raison. Pas toi, Maman ? Ça, c'était pas la peine de le dire.

Bref, elle me bombarde de questions. Et puis, elle veut savoir si je vais retourner le voir. Alors, oui. Effectivement, y a de fortes chances. Et ce, pour plusieurs causes différentes. Lesquelles ? Pour commencer, j'estime que je suis dans la dernière partie de mon adolescence avant de passer au stade d'adulte et que donc, j'aimerai bien vivre cette partie là avec mon père. Vu que les deux premières ont été encadrées par mes grands parents et ma maman. Il me semble donc logique de lui laisser sa chance et la mienne, par voie de conséquence.

Ensuite, il fait un métier génial. Enfin, moi, je trouve. J'ai beaucoup aimé ce que j'en ai vu. Comme par hasard, ça correspond pile-poil avec ce que j'ai envie de faire. De plus, comme j'ai acquis quelques notions en dessin industriel, tout ça devait pouvoir se confondre. Son style de vie aussi, je l'avoue. L'environnement dans lequel ils sont. Oui, j'ai dit ils sont. Il ne vit pas seul, dois-je te le rappeler, Maman ? Si ça m'a gêné ? Surpris serait le mot le plus adapté. Mais, gêné, non. Ils se comportent dans la vie comme tout un chacun. Sans exhibition ni manières insolites. Des gens ordinaires, en somme. Quand je compte y retourner ? Ça, je ne sais pas encore, Maman. Il faut que je réfléchisse à la question. Que…? Je t'abandonne ? N'importe quoi ! Mais, pas du tout, qu'est-ce que c'est que cette histoire ? Je partirai certainement, j'en ai très envie. Je ne sais pas encore quand. Mais Deauville n'est qu'à deux heures de Paris, tu sais, Maman ?

La discussion a été pénible pour moi. Je sens bien qu'elle a peur que je la délaisse au profit de l'homme qu'elle a haï le plus au monde. Du coup, c'est presque devenu un dilemme pour moi. Je la comprends. Mais, en même temps, c'est ma vie. Pas la sienne. Et puis, j'estime que c'est normal que je profite de celui qui m'a manqué le plus depuis que je suis né. Je vais tâcher de trouver un compromis avec elle, mais je veux aller vivre avec mon père.

*

Septembre s'est éternisé. Je ne trouve plus aucun intérêt à ce que je fais. Mes devoirs son bâclés. Mes notes dégringolent, genre chutes du Niagara. Je me fais engueuler par Maman et remonter les bretelles par Martin. Mes copains m'attendent le week-end pour les sorties ou pour le cinoche. Plus rien ne m'intéresse. Je reste dans ma chambre. Je dessine sur ma tablette graphique et j'écoute de la musique. Du Jazz, beaucoup. Erroll Garner, Thélonious Monk, aussi. Et Supertramp.

Papa m'a appelé deux ou trois fois au téléphone. Je ne pensais pas qu'il le ferait. J'étais super content. J'ai bien fermé la porte de ma chambre, mais je suis à peu près sûr que Maman avait l'oreille collée dessus. Bof, je m'en fous, après tout. Je fais rien de mal. Je parle à mon père. Alice aussi, m'a appelée. Heureusement, car moi, je n'aurai jamais osé. Elle me dit qu'elle est heureuse. Elle a retrouvé son amour. Je suis ravi pour elle. On a parlé longtemps. Je lui ai fait part de mon hésitation, balancé que je suis, entre mon père et ma mère. Alice me dit que c'est d'abord ma vie et que je dois faire ce que j'ai envie. Est-ce qu'on t'a demandé ton avis à toi pour te fabriquer la drôle d'enfance que tu as eue ? me dit-elle.

*

C'est début décembre que j'ai pris la décision. J'en ai d'abord parlé à Gab, un soir que je dormais chez elle. Puis à Mamie. Toutes les deux m'ont approuvées. Fort de leur soutien, j'ai organisé une sorte de réunion de famille réduite au strict minimum. Maman, Martin et moi. Ça ne s'est pas trop mal passé, car Maman s'en doutait, elle me l'a dit. Martin a ajouté que c'était normal que je commence à diriger ma vie moi-même. Je leur ai promis de venir autant de fois que je pourrais et au moins quinze jours à Ault, en été. Aujourd'hui samedi, nous avons Sandra pour le week-end de son père. Elle est triste d'apprendre mon départ, mais me souhaite bonne chance.

****

J'ai fait un peu la manche dans la famille. Je pars avec quatre cent euros en poche. À la descente du train, je prends un taxi. Je pourrais appeler Philippe pour qu'il vienne me chercher, mais je voudrais lui faire la surprise. Je dis au chauffeur de ralentir devant l'entrée de la villa. Le portail est ouvert et seul le Cherokee est garé à sa place. Je lui demande de continuer jusqu'à la maison des Flavier et de faire demi tour. Il me laisse de nouveau devant le portail. J'ai juste mon sac à dos sur moi, rien d'autre. Je m'engage dans le jardin. Georges m'aperçoit et adopte une attitude étonnée. Je le regarde et mets mon index en travers de la bouche, comme pour lui dire de se taire.

Il a compris. Je suis devant la porte d'entrée. Je monte les quatre marches jusqu'au perron et je sonne. C'est Philippe qui m'ouvre. La stupéfaction se lit sur son visage. Je m'avance vers lui et je dis : « — Il paraît qu'on recherche un dessinateur industriel, ici ?

Son visage s'éclaire d'un grand sourire.

— Salut, mon fils.

— Bonjour, Papa…

REMERCIEMENTS

Un grand merci à mon amie Annie Berlingen, auteure, pour son aide et ses précieux conseils.

Merci à Paul Rodriguez (Québec) qui s'est chargé de la conception de la couverture.

Crédit photo : France TV inf.fr

*

Autres titres du même auteur :

FUSION Tu seras mon fils — roman.

LA BOÎTE À SUCRE — roman policier

(avec Annie Berlingen)